ELLA Editions
42, route de Chavannes,
28300 Lèves

ELLA-EDITIONS@ORANGE.FR

Dépôt légal 4ème trimestre 2012
ISBN : 978-2-36803-000-4

Du même auteur

Romans

La Tombe du Prussien, *éditions Les Relais Artistiques.* 2002

Calvaires, *éditions BOD.* 2009

L'Enfant de verre, le secret du vitrail brisé, *éditions BOD*, 2010

Nouvelles

Sévices compris, in « Enfance(s) », recueil de nouvelles du collectif Ibidem, *éditions de la Framboisière.* 2009.

La Mare aux Revenants,
in « Contes et légendes d'Eure-et-Loir »,
éditions Grrr.art. 2009.

Haute-Marée,
in « Contes et légendes de Vendée »,
éditions Grrr.art. 2010

La rédaction,
in « Contes et légendes des Yvelines »,
éditions Grrr.art. 2010

Le petit peuple des mouillères,
in « Contes et légendes de la région Centre »,
éditions Grrr.art. 2011

Documents

Châteauneuf, in « Tours et détours en Eure-et-Loir », photos de Patrick Cointepoix, *éditions Centrelivres.* 2005

Articles divers dans le coffret de quatre ouvrages « **L'Eure-et-Loir de A à Z** », *éditions Autres-Voix, 2011*

L'ENFANT DU VITRAIL

le secret de la crypte oubliée

par

Eric Chesneau

Couverture et illustrations

Ottavia Chesneau

Documentation technique et appendice

Nathalie Chesneau

Nouvelle édition du roman L'Enfant de Verre
augmentée d'une Petite Histoire du Vitrail

Pour Ottavia, bien sûr,
qui m'a fortement inspiré pour ce personnage.
(au fait, as-tu pensé à ranger ta chambre ?)

Pour Nathalie, mon artiste-verrier préférée
qui m'entraîne parfois sur ses chantiers

Pour Maya et Willy
(même s'il n'est pas question de barbecue
dans cette histoire !)

Et pour Christophe
qui a souhaité donner une seconde vie à cette histoire

Chapitre un :où l'on fait connaissance avec la Huitième Merveille du Monde

Bonjour. Moi c'est Ottavia. Et toi ?

Ah, c'est vrai… Tu ne peux pas me répondre… On n'a jamais vu quelqu'un parler à un personnage de roman. Enfin, c'est ce que prétend papa. Moi, je n'en suis pas si sûre. Ça m'arrive bien de demander des conseils à, je ne sais pas moi, Hermione ou Peggy Sue. Bien sûr, elles ne me répondent pas tout de suite. C'est plutôt quand je dors qu'elles me parlent. Je t'assure. Ne hausse pas les épaules ! Je ne te vois pas, mais je te devine… Et puis d'abord, je ne suis pas un personnage de roman. J'existe. Et mon histoire est vraie. Même si elle paraît incroyable.

Bon… Reprenons depuis le début.

Je m'appelle Ottavia.

Je sais, tu ne dois pas en connaître beaucoup des Ottavia. En italien, cela signifie « la huitième ». Comme dit papa, « pas parce que tu es la huitième fille de la maison, mais parce que tu es la huitième merveille du monde ! »

Il exagère ! Il dit ça parce que je suis sa fille unique, sa préférée, et qu'à ses yeux je suis la plus jolie. Il dirait ça même si je ressemblais à une larve de libellule. Tu as déjà vu une larve de libellule ? Difficile à croire, en voyant cette espèce de cafard préhistorique, que cela se transformera en jolie Demoiselle aux reflets bleutés ou orangés. Au printemps, il y en a plein, des larves de libellules dans la mare du jardin. Parce qu'il y a une mare, dans le jardin.

En fait, il y en a tout plein, dans le coin, des mares.

On habite sur un plateau, aux confins de la Beauce, de la Normandie et du Pays Drouais, à mi-distance de Chartres et Dreux.

Le Thymerais, ça s'appelle. Tu ne dois pas connaître, sauf si tu y demeures ! La Beauce, elle, elle est plus connue. On l'appelle encore parfois le Grenier de la France et ce serait le géant Gargantua qui lui aurait donné son nom. Je ne suis pas sûre que ce soit vraiment là l'origine de la Beauce ; son cheval, à Gargantua, aurait balayé tous les arbres d'un coup de queue ! On imagine la taille de l'animal ! Mais ça, c'est la légende qui le dit. Dans mon coin, ce n'est pas encore tout à fait la Beauce, c'est plus vallonné, plus boisé. Il y a des champs à perte de vue, par endroit : du blé, du colza, du maïs, de l'escourgeon, mais la plaine est parsemée de petits bois, des vestiges de l'ancienne et mystérieuse forêt des Carnutes au cœur de laquelle les Druides se retrouvaient pour leurs étranges cérémonies. Je ne blague pas ! C'est César lui-même, oui, LE Jules César, qui l'a affirmé. On trouve donc des champs, des bois, des restes de la forêt des Carnutes, mais pas de rivière, sauf là-bas, très loin dans la vallée, celle de la Blaise. Pas le moindre ruisseau ! Alors, depuis toujours, les hommes ont creusé des mares dans l'argile, pour leur bétail, mais aussi pour leurs besoins personnels. C'est des mares qu'ils tiraient l'eau pour éteindre les incendies, pour laver leur linge par exemple. Il y a pas mal de châteaux d'eau, aussi, qui pointent au-dessus des champs. Papa affirme qu'ils font concurrence aux clochers des églises !

Je vis dans un petit village, à la campagne, pas très loin de Chartres donc, tu sais, là où se trouve la cathédrale. La cathédrale de Chartres. Elle est très connue ! On vient du monde entier pour voir ses flèches, sa crypte et surtout ses vitraux. C'est d'ailleurs une histoire de vitrail que je vais te raconter. Oh là là ! Je m'embrouille. Je parle, je parle et…

Donc je m'appelle Ottavia. Et je suis fille unique contrairement à ce que pourrait laisser croire mon prénom, à qui parle italien. À l'époque où se déroule cette histoire, je fréquente la classe unique du village de Saint-Marc.

Bon, je te le dis d'emblée : je fais plus âgée que mon âge.

Depuis mes dix ans, au cinéma ou dans les musées, papa doit présenter son passeport où figure également la bouille toute ronde de mes trois ans, pour prouver que je ne suis pas majeure. J'exagère à peine ! Et il n'y a pas que physiquement que je parais plus âgée. C'est peut-être le fait de vivre entourée d'adultes, d'aller et venir depuis toute petite au milieu des bouquins, de rencontrer régulièrement des artistes ou des écrivains… En tout cas on me dit souvent « très mature ».

Je me souviens, au cours de ma dernière année de maternelle, à l'occasion d'une visite médicale, j'avais rencontré une psychologue scolaire. C'était l'époque où une amie entomologiste m'avait donné des œufs d'Attacus Atlas. L'Attacus Atlas est un magnifique papillon indonésien dont les ailes ressemblent à la tête menaçante d'un serpent. Les œufs avaient éclos, et très vite les chenilles avaient proliféré dans la salle de bain où nous les avions installés. J'avais raconté cette expérience à la psychologue et quand elle m'avait demandé si je n'avais pas peur d'attraper des boutons à leur contact, je lui avais répondu que je ne risquais rien, « ces chenilles n'étant pas urticantes ».

La psychologue m'avait observé un moment d'un drôle d'air, m'avait fait répéter mon âge puis m'avait demandé de sortir dans le couloir.

Elle avait appelé papa et maman, refermé la porte contre laquelle j'avais aussitôt collé mon oreille. Je l'avais entendu dire qu'elle ne se faisait pas de souci pour ma scolarité », que j'étais « particulièrement mature, vive, intelligente et que mon vocabulaire était particulièrement riche ».

Je crois que c'est le « particulièrement » que j'ai « particulièrement » apprécié ce jour-là!

Bon, voilà, tu sais à qui tu as affaire, maintenant !

Tous les ans, on nous dit que la classe va fermer, la faute aux effectifs et à la carte scolaire. Je ne sais pas trop ce qu'est la carte scolaire, mais quand madame Buil (c'est ma maîtresse) cause de la carte scolaire avec mes parents ou avec le maire, monsieur Bréjean, elle en parle avec des tremblements dans la voix, comme si elle mettait des majuscules à Carte et à Scolaire. Je suppose que c'est important.

Je crois que cela signifie que si le nombre d'élèves baisse encore, l'école devra fermer. Cette année, nous n'étions plus que treize à l'école. Avec madame Buil. Madame Buil explique à qui veut l'entendre que ça porte bonheur. Mais madame Graviers, qui s'occupe du ménage et de la cantine affirme, elle, que treize à table, et par extension en classe, ça porte malheur ! C'est pour ça qu'elle refuse obstinément de déjeuner avec nous le midi. Ce qui est débile ! Si elle mangeait ses coquillettes et ses betteraves avec nous, nous serions quatorze à table !

Qui croire ? En ce qui me concerne, je préfère donner raison à madame Buil, c'est plus rassurant.

L'école est tout au bout du village, dans la cour de la mairie. Elle paraît avachie contre le mur d'enceinte du château, car il y a un château, à Saint-Marc. Saint-Marc, c'est le nom de mon village. Je l'appelle Saint-Marc-Sur-Rien, parce qu'il n'y a rien de bien passionnant autour. À part peut-être le Bois des Morts, mais… Je pars encore dans tous les sens. « Tu te disperses, ma fille », comme dirait maman.

En fait, ce n'est pas vraiment un château de princesse, le château dont je parle. C'est plutôt une grosse maison un peu prétentieuse avec des dizaines de fenêtres que cachent de hauts murs en pierre et un lourd portail de fer. On ne voit rien à travers. Il nous faut enjamber le mur et traverser une partie du parc, une véritable forêt vierge, pour pouvoir jeter un coup d'œil. Quand les chiens sont rentrés. Et ils ne sont jamais rentrés. Jamais. Pourquoi je raconte ça, au fait ? J'aurais dû commencer par…

Par « Il était une fois… »

Les histoires commencent souvent par « Il était une fois ».

Enfin, les contes, plutôt.

Là, il ne s'agit pas d'un conte mais d'une histoire.

De mon histoire.

Après tout, je la raconte comme je veux. Et pas avec une plume d'oie et de l'encre. J'ai déjà essayé. Difficile avec une plume d'oie d'avoir un 20/20 en calligraphie. Ça bave et ça tache.

Non, là, j'ai demandé la permission à papa d'utiliser son ordinateur. Le mien a fait une mauvaise chute pendant que je rangeais ma chambre.

Papa a râlé quand il a vu le clavier par terre, retourné comme une crêpe, les touches éparpillées au milieu des crayons rongés, des mangas cornés, des chaussettes sales, du dernier disque de Souad Massi et de ma collection d'Harry Potter, des moutons et des boulettes de feuilles dispersées.

Il a même crié qu'il allait la ranger lui-même, ma foutue chambre (je jure il l'a dit : « foutue chambre ! ») même s'il lui fallait dévaliser Carrefour de tous ses sacs poubelle et que ça n'allait pas traîner.

C'est là que je l'ai traité de fasciste !

Bon, je n'aurais pas dû. Maman m'a expliqué, après coup, ce qu'était exactement un fasciste. C'est vrai que je savais que ce n'était pas très joli-joli d'être fasciste, mais je ne savais pas tout ce que ça impliquait.

En tout cas, ça a calmé papa.

Il est resté les bras ballants, le sac poubelle pendant, comme un ballon de baudruche vert crevé.

Et puis, il s'est retourné, l'air furieux.

Mais j'ai vu dans la vitre de la porte qu'il était prêt à rire et tentait de gros efforts pour se retenir.

Et puis, pareille à un ballon de baudruche de chez Mac'Do, sa colère a éclaté, percée par un grand éclat de rire.

Du coup, il n'a pas fait trop d'histoires pour me prêter son ordinateur, en attendant que je casse ma tirelire pour m'offrir un clavier.

Et c'est donc sur son ordinateur que j'ai écrit cette histoire.

Une histoire qui commence un mercredi.

Le jour des enfants…

Tiens, c'est pas mal comme introduction !

Chapitre deux : où l'on constate que la chair et le verre ne font pas toujours bon ménage

C'était un mercredi.

Le jour des enfants.

J'étais en train de dessiner sur la vieille table en merisier de la cuisine, une table toute douce comme du miel tant elle est vieille.

La petite cloche du portail s'est écrasée contre le mur de briques.

- Tu peux aller ouvrir s'il te plaît ? a demandé maman depuis la salle de bain.

Maman passe des heures dans la salle de bain. Comme moi. Ce qui agace souvent papa dont on entend les soupirs d'exaspération dans toute la maison. Surtout quand nous sommes invités quelque part ou qu'il est l'heure d'aller à l'école.

La porte s'est ouverte sur le visage joufflu de monsieur Corentin, l'un des adjoints au maire. Il est amusant, monsieur Corentin. Il a un visage tout rond, souvent très rouge comme s'il avait couru mille kilomètres et pourtant il est tout maigre et flotte dans son pantalon. C'est lui qui tient le bistrot du village et il est au courant de tout ce qui s'y passe.

- Salut Ottavia ! Tu vas bien ? Et l'école ça marche ?

Il m'embrasse sur la joue et sans attendre ma réponse demande si maman est là.

Je fais entrer monsieur Corentin dans la cuisine, le laisse s'extasier sur mes dessins et cours frapper à la porte de la salle de bain.

Quelques instants plus tard, les cheveux encore humides, maman pousse la porte de la cuisine.

- J'ai du travail pour vous ! annonce monsieur Corentin après lui avoir serré la main.

- Ha ! Racontez-moi tout ! La mairie s'est enfin décidée à restaurer les vitraux de l'église ?

- Heu… Pas encore non, enfin, il faut la mettre hors d'eau d'abord. Et on attend toujours les subventions du département. Mais je crois que ça va vous plaire. Attendez-moi je reviens !

Il se dématérialise aussitôt, pour réapparaître avec un gros carton qui, à chaque pas, émet des bruits de vaisselle brisée. Il le pose sur la table d'un air satisfait.

- Voilà !

Maman et moi nous penchons sur le carton. Il est rempli de morceaux de verre qui disparaissent sous une épaisse couche de poussière. On distingue cependant des petits éclats de couleurs, de très beaux jaunes, des bleus profonds par endroit, un rouge ici.

Maman en prend un très délicatement, l'expose à la lumière de la fenêtre, hoche la tête.

Puis elle en attrape un second. Une moitié de visage, un œil grand ouvert, une petite bouche aux lèvres épaisses. Maman laisse échapper un petit sifflement.

- On dirait du vitrail médiéval. Où avez-vous trouvé ça ?

Monsieur Corentin se rengorge. J'observe, fascinée, le double menton tout violet qui lui pousse au-dessus du col de chemise.

- Dans la cave de l'ancienne maison Carrère, vous savez, celle qui a été mise en vente par les héritiers. Mais si, les anciens châtelains ! Très, très vieille famille ! Qui remonte au moins au XVIème siècle. Au moins ! La municipalité a fait jouer son droit de préemption. Cela signifie que nous l'avons achetée en priorité, lance-t-il en se tournant vers moi, l'index levé vers le plafond. Dans la foulée, nous avons acheté les terres de la famille Carrère. On souhaite transformer cette maison en salle municipale, poursuit-il. Dans la cave donc, au milieu d'un fourbi que vous ne pouvez même pas imaginer, on a retrouvé une douzaine de cartons comme celui-ci. Avec plein de bazar. Celui-ci était rempli de morceaux de vitraux. On s'est dit que...

Pendant tout le discours de monsieur Corentin, maman n'a cessé d'examiner ce trésor.

- Ils ne proviennent pas de l'église. Ils sont beaucoup plus anciens, avance-t-elle. L'église actuelle date du XVIème siècle. Il faudra vérifier, mais à vue de nez, ces vitraux sont antérieurs d'au moins deux siècles !

- Il faudrait faire des recherches mais, bon, là, nous sommes en pleine préparation du budget primitif alors… On s'est dit au conseil que vous pourriez essayer d'en reconstituer une partie, pour voir. Vous serez rémunérée, bien sûr. Et puis, si vous pouviez effectuer quelques recherches. Je sais que…

Maman l'interrompt.

- Je m'y mets dès cet après-midi, ne vous inquiétez pas. Mais essayez de m'en dire plus. Vous avez demandé aux héritiers s'ils connaissaient l'histoire de ces vitraux ?

Monsieur Corentin hausse les épaules, ce qui a pour effet de faire trembloter son double menton. On dirait de la gélatine à la mûre qui tente de s'échapper de son pot de verre.

- Non. C'est à peine s'ils connaissaient l'existence de tout ce bazar qui prenait l'eau dans la cave. Mais nous avons récupéré des tonnes de papiers. Si cela vous dit. J'ai pensé que votre mari... Peut-être se trouve-t-il dans tout ce fatras des documents relatifs à ces vitraux. Mais je vous préviens ça sent le moisi !

- Oui ! Moi ça m'intéresse !

Je n'ai pas pu m'en empêcher ! Moi, fouiller dans des cartons qui sentent le moisi, ça me passionne ! Essayer de dénicher des trésors, pareil !

Monsieur Corentin en a le double menton frétillant de plaisir. Maman sourit.

- En attendant, on va porter tout ça à l'atelier ! Il y a assez de plomb dans les canalisations pour ne pas avoir à en ajouter dans la cuisine.

Devant la mine interloquée de monsieur Corentin, elle explique.

- Il y a des chances pour qu'une grande partie de cette poussière, là, dans le carton, soit de la poussière de plomb. Le plomb s'est désagrégé au fil des ans. Alors si vous ne voulez pas attraper le saturnisme, lavez-vous les mains avant de passer à table ou de vous mettre le doigt dans le nez !

Elle récupère prestement le carton et son contenu et s'élance dehors, non sans buter sur le chat jaune qui a élu domicile sur le paillasson. Le matou pousse un feulement indigné, maman râle et se dirige de l'autre côté du jardin, là où se trouve son atelier.

L'atelier est installé dans une ancienne grange.

Le soleil y entre à pleines goulées grâce à une série de verrières dont certaines sont colorées.

Ah oui, je ne t'ai pas dit. Maman est vitrailliste. Cela signifie qu'elle crée et qu'elle restaure des vitraux. Elle travaille dans les églises, mais aussi les châteaux, et chez les gens qui lui commandent des vitraux. C'est elle qui les invente, dans ce cas. C'est pour cela que monsieur Corentin est venu la trouver avec son carton plein de verre. J'ai hâte qu'il apporte les vieux papiers.

Elle pose le carton sur sa table de montage. C'est une large table, dotée de deux rebords en bois, qui lui permet de réaliser ses vitraux, de les assembler, de pratiquer la mise en plomb.

- Voulez-vous que je vous apporte le reste maintenant ? demande monsieur Corentin.

- Et comment !

- Et n'oubliez pas les vieux papiers !

Ça, c'est moi qui l'ai dit ! Je sens déjà la bonne odeur de moisi flatter mes narines !

- Bien... Alors à tout de suite ! Je charge tout ça dans la camionnette et j'arrive !

Monsieur Corentin revient une demi-heure plus tard. Je lui cours dans les jambes, tente de récupérer le carton qui déborde de papiers mais il est bien trop lourd pour une pré-ado de douze ans. Monsieur Corentin rigole de mon impatience. Mais pas maman !

- Ottavia ! Je t'ai déjà dit de ne pas faire la folle quand il y a du verre dans les parages !

Trop tard ! Je n'ai pas vu les deux morceaux de verre qui ont percé l'un des cartons fragilisé par des années d'humidité. Ils déchirent mon bras sur plusieurs centimètres. La douleur me coupe le souffle. Et puis, je me mets à hurler.

Il faut que je te dise. Ce n'est pas facile à avouer, comme ça, à un inconnu. Mais d'ordinaire, le moindre bobo me met dans un état pas possible. Le plus petit frôlement d'ortie, la plus minuscule éraflure, la plus anecdotique des chutes sur un tapis d'herbe et de mousse, la vue même d'une guêpe qui pourrait avoir l'idée de me piquer, me mettent en transe. Je hurle, je m'époumone, je pleure des torrents de larmes, je saute dans tous les sens, je cours ici, je cours là. Maman et papa veulent-ils me venir en aide, tenter de jeter un coup d'œil sur la blessure, pire, essaient-ils de s'en approcher pour la panser ou l'enduire d'arnica, mes cris redoublent de plus belle. En règle générale, mes sauts de puce et mes hurlements finissent par les faire rire, ce qui ne fait qu'amplifier mes cris car la colère et l'humiliation se mêlent à la douleur. « C'est nerveux ! » m'assurent-ils. N'empêche !

Ça, c'est quand la douleur est, sur mon échelle de Richter personnelle, supportable.

Alors tu imagines quand deux morceaux de verre antédiluviens me déchirent la peau du bras !

Monsieur Corentin en reste les bras ballants.

Le sang coule, ce qui m'arrache des cris aigus qui, pour un peu, briseraient tous les verres en cristal à trois kilomètres à la ronde. Je saute à pieds joints, éclaboussant mes vêtements de sang. Je prends la fuite dès que maman tente de m'approcher. Bientôt la voilà derrière moi, suivie par monsieur Corentin qui n'arrête pas de répéter « Je suis désolé ! Je suis désolé ! » comme s'il y était pour quelque chose. Ce qui m'énerve encore plus car je sais que si je n'avais pas fait l'andouille…

Je finis par butter contre le chat attiré par ces cris troublant son demi-sommeil et m'étale dans l'herbe. Mes cris sont alors au paroxysme. Il me serait impossible de hurler plus fort ! Maman et monsieur Corentin en profitent pour me ceinturer. Je me débats, donne du pied et du poing mais ils tiennent bon ! Au bout d'un moment, je finis par me calmer. D'autant que plusieurs personnes se sont rassemblées de l'autre côté du portail à claires-voies et observent la scène. Alors maman me traîne dans la salle de bain, m'asperge de mercurochrome, m'entoure la plaie d'un bandage.

- Allez hop ! On file à l'hôpital !

La nouvelle, qui devrait me soutirer de nouveaux cris m'assomme. Je me contente de renifler. Nous grimpons tous les trois dans la camionnette de monsieur Corentin, moi au milieu, et nous filons vers l'hôpital de Dreux, à grande vitesse. À travers les vitres du véhicule, j'aperçois les éoliennes de Villemeux qui tournent comme des papillons blancs, au loin…

- Elle a eu de la chance !

Le docteur est très gentil, mais il s'adresse à maman et à monsieur Corentin comme si je n'étais pas là. C'est pourtant moi qu'on a recousue et à qui on a fait une piqûre antitétanique. Il se tourne enfin vers moi.

- On peut dire que tu as une belle cicatrice en forme de croix ! Une vraie pirate ! Tu vas pouvoir la montrer à tes copines ! Quand tu pourras enlever le pansement bien sûr ! Pas avant.

Puis, se tournant de nouveau vers maman :

- Les points de sutures devraient tomber d'eux-mêmes mais en cas de problème ou d'inquiétude, n'hésitez pas à aller consulter votre médecin de famille. Il est possible qu'elle se sente fatiguée dans les prochaines heures. Et que sa blessure la lance. Et qu'elle se sente barbouillée. C'est normal. Les suites de la piqûre, mais aussi les médicaments que je vous ai prescrits. Alors, qu'elle se repose ! Et si demain, ça ne va pas trop, il vaut mieux qu'elle reste à la maison.

Cette dernière information ne tombe pas dans l'oreille d'une sourde. Je prévois pour demain un accès de fatigue carabiné !

- D'accord, mademoiselle ?

J'acquiesce, les yeux plantés sur le carrelage de la salle des urgences.

- Bien ! Alors je ne te dis pas à bientôt ! Au revoir !

Je renifle un au revoir imperceptible et l'air le plus piteux possible, quitte l'hôpital, encadré par maman et monsieur Corentin.

Chapitre trois : d'une mare hantée et du fantôme d'une ancienne église

Papa nous accueille une poêle à la main. Maman l'a appelé de l'hôpital pour lui expliquer ma mésaventure et le rassurer. Pour me consoler, il a préparé des crêpes. Je décide de profiter de ma situation peu enviable d'enfant-blessé-qui-vient-d'échapper-à-la-mort et souligne que je n'ai pas trop faim, que ce midi, si c'était possible, je ne prendrais qu'une ou deux crêpes sucrées. Maman consulte discrètement papa, qui hausse une épaule, attendri.

- Allez, exceptionnellement !

Comme chacun sait, l'appétit vient en mangeant. Et dès la première crêpe à la pâte de noisette et à la noix de coco, mon estomac se met à gargouiller de plaisir. J'avale ainsi une douzaine de crêpes, à la confiture de cerise, au miel, au sucre et au citron, et au chocolat. Du coup, papa et maman, ravis de me voir de si bon appétit, en oublient les tonnes de glucides et de calories que j'engouffre en quelques instants. Je n'aurai même pas droit aux remontrances d'usage pour l'imprudence qui m'a conduite à l'hôpital !

Durant tout le repas, la conversation tourne toutefois autour de mon accident puis dévie sur les vitraux apportés par monsieur Corentin, lequel s'est éclipsé dans sa belle camionnette blanche après avoir déposé dans l'atelier les derniers cartons.

- C'est incroyable cette histoire ! Tu es sûre qu'ils ne proviennent pas de l'église ?

- Sûre, non. En tout cas, ils paraissent plus anciens. Je vais devoir les examiner attentivement. Louis Corentin a apporté également une caisse de documents. Si Ottavia est en forme, elle va essayer de dénicher quelque chose d'intéressant là-dedans !

Je secoue la tête de haut en bas, incapable de parler, la bouche pleine de noix de coco et de chocolat.

- Quant à moi, je vais essayer de trouver une idée dans mes bouquins.

Je ne te l'ai pas encore dit, mais papa est libraire. Enfin, il préfère dire bouquiniste. Il vend des livres anciens dans les salons et sur internet. Le week-end, il part en chasse, comme il dit, et revient parfois avec des cartons entiers de livres dénichés dans les salles des ventes, les brocantes et les foires à tout. Parfois, il débarrasse des bibliothèques qui renouvellent leurs stocks, d'autres fois, ce sont des monastères qui font le vide. Il y a tellement de livres à la maison qu'on dirait que les murs sont de papier. Moi, j'aime bien ceux avec des belles reliures en cuir, les livres écrits en vieux français avec des gravures. Et ceux que papa appelle les incunables, c'est à dire les tout premiers livres imprimés. Ils datent du XVème siècle. Ils ont un papier épais et craquant et certaines de leurs reliures sont faites en vélin, c'est-à-dire en peau de veau mort-né ! Incroyable, non ? Des bouquins, papa en vend beaucoup. Mais il en garde aussi beaucoup !

- Est-ce qu'ils ne pourraient pas provenir de l'ancienne église ? avance papa.

Maman sourit.

- Tu sais comme moi qu'il n'est pas prouvé que cette fameuse église ait jamais existé…

Là, il faut que je t'explique. Comme je te l'ai dit, enfin je crois, le village est blotti dans un nid douillet de bois cerné par les champs. Il se raconte qu'autrefois, dans un bois proche, se trouvait un hameau bâti autour d'une église ; cet îlot d'arbres appartenait d'ailleurs à la famille Carrère, cette famille à qui la mairie a acheté la maison où les vitraux ont été découverts.

Ce bois a mauvaise réputation.

C'est la vieille madame Tournus qui me l'a confié. Il est coupé par une petite route, celle qui court vers Tremblay, laquelle est bordée d'une mare profonde que les anciens appellent « la Mare aux Revenants », car il paraît que les animaux ne viennent y boire qu'aux premières heures du jour, les fantômes occupant les lieux jusque bien après minuit. Je n'y crois pas trop, à cette légende ! N'empêche que je n'aime pas m'y balader à vélo même les longs soirs d'été quand la nuit tarde à envelopper les bois. L'été, la mare est presque à sec et les nombreuses branches mortes qui la tapissent sont pareilles à des doigts infernaux qui tentent de saisir le promeneur et de l'engloutir sous un tapis de hautes herbes et de plantes aquatiques à l'agonie. Je te jure, ça file les pétoches !

C'est dans ce bois, pas très loin de la Mare aux Revenants, que le sol est parsemé de silex et de coulées de pierres.

On y trouve ce que l'on appelle dans la région une mariette. La mariette est un petit oratoire, c'est-à-dire un minuscule bâtiment où l'on vient prier et demander de l'aide au saint auquel il est consacré. Mariette, ça vient de Marie, la mère de Jésus mais aussi de « mare ». Comme je te l'ai déjà dit, les mares sont nombreuses dans la région, faute de rivière et d'eaux vives. Alors, bien souvent, depuis le moyen-âge, on a construit de petits oratoires non loin des mares. Et l'on venait y prier Marie ou le saint patron du village.

La mariette de la Mare aux Revenants est un minuscule dôme de briques dans lequel on pénètre par une petite porte branlante. À l'intérieur, la pénombre laisse à peine deviner la statue abîmée mais toujours fleurie d'un saint, sans doute le fameux Jacques.

Des inconnus ont tenté, une fois, de le voler. Ils n'ont réussi qu'à l'abîmer, le défigurer, à lui couper la tête qu'ils ont finalement laissée sur place ! On dit que le saint s'est bien vengé puisque leur voiture s'est embourbée à hauteur de la Mare aux Revenants et qu'ils ont été surpris par une patrouille de gendarmerie !

Heu… Pourquoi je disais ça ? Ah oui… On prétend que sur l'emplacement de ce petit oratoire s'élevait autrefois une église, une vraie. Elle aurait été détruite il y a des siècles. On dit aussi qu'il y aurait un cimetière, parce que l'on retrouve, parfois, des bouts d'os et d'antiques morceaux de ferraille à la saison des champignons, quand l'œil reste rivé au sol et tente de deviner les cèpes et les trompettes de la mort sous les feuilles brunies.

Se pourrait-il que la famille Carrère ait conservé durant des siècles les vitraux de cette très ancienne et mythique église ? Et pourquoi pas ?

D'emblée, l'idée de papa me semble la bonne.

Maman trouve l'idée séduisante, mais elle tient à garder la tête froide.

- Ils peuvent provenir d'un château ou d'une gentilhommière, il en existe de nombreuses dans la région ! Ou alors d'une église ou d'un autre bâtiment situé à des centaines de kilomètres d'ici ! tempère-t-elle. Ne nous emballons pas et examinons la chose de façon scientifique !

- Bien chef ! répond papa en bondissant de sa chaise pour se mettre au garde-à-vous.

- À vos ordres ! je surenchéris !

- Dans ce cas, à la vaisselle et après, tout le monde au boulot !

HALLY POPER

Chapitre quatre : où l'on découvre quelques visions d'apocalypse et les travées de l'église fantôme

Ma chambre est dans un désordre indescriptible. Une fois de plus ! Mais là, j'ai obtenu l'autorisation expresse de papa et maman. Après tout, je travaille pour la municipalité ! Officiellement ! Depuis deux bonnes heures. Ce qui me confère certains avantages, me semble- t-il.

Il y a des papiers partout ! Des cartes postales anciennes représentant les rues du village voici cent ans, des lettres de Poilus à leur famille, écrites depuis les tranchées de Verdun en 1917, de très vieilles cartes à jouer, des bordereaux de vente de bétail des années 1920. J'ai également découvert deux ou trois missels tout cornés à la couverture décorée ; et puis des liasses de papiers manuscrits datant d'après la Révolution.

Des documents et des gravures sur les anciennes halles de Châteauneuf, une photo du terminus de la gare qui n'existe plus, un dessin de très grosses pierres, qui seraient les vestiges d'un gros dolmen échoué dans la forêt domaniale. On dit que certains Gothiques y célèbrent des cérémonies la nuit de la Toussaint, car on y retrouve régulièrement des restes de cire provenant de bougies roses ou blanches…

J'ai mis mon vieux CD de Lorie dans ma chaîne. Elle y passe un « Super Week-eeeend ! »

Mes paupières se font lourdes. Les mots dansent sous mes yeux, je ne parviens plus à comprendre leur signification. Tiens, une grosse enveloppe ! On dirait de la peau. Il fait de plus en plus chaud dans la chambre. Je décide d'aller ouvrir la fenêtre…

L'air frais me fait du bien. Je reste un instant à observer le jardin, les baies vitrées de l'atelier, de l'autre côté de la pelouse, où maman doit être occupée à nettoyer les restes de vitraux avant de tenter de les reconstituer ! Tu parles d'un puzzle !

Une violente douleur me ceint le crâne. J'ai beau presser mes mains sur mes tempes, elle ne disparaît pas. Il me faut aller à la cuisine pour prendre des cachets. La voix de Lorie paraît diminuer d'intensité. Ce n'est plus qu'un murmure. Elle chuchote à présent.

- Tu m'as ensorcelée-é-é-ée…

Et puis, soudain, ce n'est plus Lorie qui me parle. C'est une autre voix.

Grave. Enfin plus grave.

Une voix de garçon. Ou de jeune homme. Il me parle, mais je ne comprends pas ce qu'il dit. C'est une sensation très étrange. Un peu comme quand quelqu'un discute de l'autre côté d'une cloison, que tu l'entends presque distinctement sans parvenir toutefois à saisir le sens de ses paroles.

Brusquement, la douleur dans ma tête disparaît ! Et avec elle, la voix. Il n'y a plus que Lorie qui chante à tue-tête, la basse qui fait trembler les murs. Je décide de m'accorder un peu de temps libre. De prendre l'air.

Je traverse la maison en courant, récupère mon vélo qui gît près du portail et en deux coups de pédales, je suis dans la rue. Oubliés la blessure au bras, le mal de tête...

Direction la Mare aux Revenants ! Mais oui, celle qui m'inquiète tant !

Je pédale à toute vitesse sur la route sinueuse qui court à travers les champs de colza et d'escourgeon.

Un lièvre m'observe à bonne distance, ses oreilles noires dressées vers le ciel sans nuage.

Dans la vallée, un tracteur tire des traits sur un tapis vert. Une buse vole en cercles concentriques au-dessus d'une éventuelle proie, lapereau, mulot, campagnol ou autre musaraigne.

Je pénètre à fond dans le sous-bois. La voûte des arbres fait obstacle au soleil. Par endroit seulement, quelques tâches miroitantes de lumière jouent sur l'asphalte sombre.

La Mare aux Revenants est en voie d'assèchement, ce qui ne paraît pas gêner les grenouilles qui coassent à qui mieux-mieux.

De longs bras noirs et tortueux s'échappent des eaux stagnantes.

Une odeur douceâtre, fétide, entêtante, s'élève du marigot au milieu duquel stationne un héron bihoreau en quête d'un poisson dont les arêtes reposent sans doute depuis longtemps dans la vase.

Je prends à droite, m'engage dans la sente chaotique menant à l'oratoire. Ce dernier se trouve sur un tapis de lierre malmené par les souches déracinées à la suite d'une violente tempête. J'étais toute petite à l'époque et je ne me souviens que de la montagne de tuiles qui avait poussé au pied de la maison ce jour-là ! Ici, il y a des troncs avachis contre ceux qui ont résisté, et de nombreuses souches qui laissent apercevoir les terriers de renards ou de blaireaux. La porte de la mariette est entrebâillée. Je bondis de la selle, appuie le vélo contre le petit monument et repousse la porte.

Curieusement, il fait moins sombre que d'habitude. Le saint au nez cassé semble me sourire. Il paraît que les femmes qui souhaitaient avoir des enfants venaient ici, dans le temps. On dit même que cette coutume se pratique toujours, comme en témoignent les bouquets de fleurs qui baisent les pieds de la statue.

Les murs de l'oratoire sont aveugles. Pas la moindre fenêtre, pas la plus petite meurtrière susceptible de laisser pénétrer le jour. Et pourtant, j'y vois clair. Les murs luisent d'une étrange lumière. Une salamandre jaune et noire guette le moindre de mes mouvements, juchée sur l'épaule de Saint-Jacques.

C'est étonnant. On en voit peu, des salamandres. Elles sortent surtout le soir.

C'est alors que j'entends les croassements des corbeaux.

Une cacophonie qui se rapproche.

Des bruissements d'ailes par milliers, par centaines de milliers.

Je me glisse au-dehors.

La lumière du jour m'aveugle !

C'est une lumière franche, terrifiante. Tous les arbres de la forêt ont disparu. Chênes rouvres, bouleaux, charmes, pins, châtaigniers qui tout à l'heure veillaient sur le petit édifice se sont évaporés, comme avalés par la terre. Le soleil est haut dans le ciel. Mon mal de tête, lui, est revenu. Insidieusement. Le sang me bat les tempes. Des milliers d'ailes noires battent le ciel, projetant une ombre mouvante sur le sol.

Il y a des dizaines de gens allongés sur le sol. Comme morts. Ils sont étrangement vêtus. Mal fagotés comme dirait mamie. Je sens une odeur de brûlé. Me retourne. Des maisons brûlent. Là où jamais il n'y a eu de maison !

Un mur de flammes m'empêche de voir au-delà. Je distingue toutefois la silhouette tremblante d'une église qui se découpe derrière le brasier.

Et puis des cris !

Ils sont une quinzaine de cavaliers qui se dirigent vers moi ! C'est un cauchemar ! Leurs chevaux piétinent les corps étendus.

Tu imagines ce qui a bien pu se passer dans ma tête à ce moment-là ! Un tourbillon d'idées, toutes plus folles les unes que les autres : j'étais tombée au beau milieu d'une réunion secrète du comité des fêtes préparant des joutes médiévales. Ou alors, il s'agissait d'une mauvaise blague, d'un jeu de rôles grandeur nature orchestré par quelques gothiques désœuvrés. Ou du tournage d'un film d'aventure. En une seconde, j'ai bien essayé de rationaliser ce que je voyais. Mais c'était impossible. Au plus profond de moi, je savais qu'il ne s'agissait pas de ça. Tout était bien réel, mais pourtant, cela se passait comme dans un film, comme si je n'étais pas vraiment là tout en y étant. C'était très étrange ! Et terrifiant, crois-moi ! Ce jour-là, j'ai vraiment eu peur. Tellement peur que je n'ai même pas eu l'idée de pleurer ! J'étais tétanisée.

Alors j'ai sauté sur mon vélo et j'ai foncé droit devant moi. C'est-à-dire droit vers le rideau de flammes. J'entendais le grondement des sabots qui me pourchassaient, le cliquetis du métal, le grincement des cuirasses. Les cris de guerre des cavaliers me transperçaient les tympans comme autant de javelines auraient percé ma chair.

Je me rapprochais de l'incendie. Après avoir dévoré les maisons, le brasier se nourrissait des arbres proches. Ils ressemblaient à de gigantesques bougies dégageant une épaisse fumée noire. D'un coup de pédales, je parvins à déchirer l'écran de flammes et de fumée et me retrouvai… sur le parvis d'une église adossée à un tertre de terre. Je suffoquai. Toussai. Les yeux me brûlaient et de grosses larmes coulaient sur mes joues, m'empêchant d'y voir clair. Je laissai glisser mon vélo et m'engouffrai par la porte béante en m'essuyant les yeux.

L'église paraissait toute neuve, contrairement à celles que je connais. Il n'y avait pas encore de vitraux et à travers les nombreuses ouvertures en ogive, de longs flots de lumière baignaient les travées. Les murs étaient peints de fresques aux couleurs éclatantes, tout comme les colonnes et les voûtes. Même le plafond de bois était orné d'arabesques étranges et d'animaux fabuleux, dragons, chimères, serpents et lions. Des visages grimaçants de diables ou de démons veillaient sur la nef, emportaient en une sarabande inquiétante des villageois apeurés.

Un squelette brandissait une faux ; la Mort personnifiée accompagnait des hommes, des femmes, des enfants même, vers une immense fosse commune. Cela me rappelait, en bien meilleur état, la danse macabre de l'église de Mesley-le-Grenet pas très loin de chez moi. Papa m'a assuré qu'au moyen-âge, la plupart des églises et des cathédrales étaient peintes, à l'intérieur comme à l'extérieur.

Hors les murs, les crépitements des flammes s'étaient tus. De même que les hurlements des cavaliers et le sourd grondement des chevaux. De même que les piaillements entêtants des sinistres corbeaux.

C'était comme si, en pénétrant dans l'église, j'avais poussé la porte d'un autre monde. Je me sentis aussitôt rassurée malgré la présence des gargouilles de l'édifice. Je pénétrai plus avant dans l'église, persuadée qu'ici je me trouvais en sécurité.

Tout au fond de l'allée, derrière l'autel, se trouvait une porte étroite, magnifiquement ouvragée, là encore sculptée de scènes terrifiantes.

Je la poussai.

Elle ne grinça même pas quand elle s'ouvrit sur un large boyau aux murs de pierres et de terre ! Je devais avoir pénétré dans le tertre, cette espèce de colline de terre contre laquelle s'adossait l'église.

Fichés dans les parois, des flambeaux dardaient de flèches mouvantes le sol en terre battue. La salle était nue, basse de plafond. Enfin, presque nue.

En son centre se trouvait une sorte de sarcophage de pierre, comme celui qui trône dans le hall du musée de Dreux et qu'on avait visité un jour avec l'école. On a dû faire tous les musées du département avec l'école ! Celui de Châteaudun, avec ses oiseaux et ses outils gallo-romains, mais aussi celui des Beaux-Arts de Chartres avec ses grands tableaux et bien sûr le cellier de Loëns, consacré au vitrail !

Je m'approchai à pas lents, fascinée. Inquiète, angoissée même, mais fascinée. J'ignore pourquoi, mais je savais que je devais avancer.

La voix, la même que bien plus tôt dans ma chambre, semblait m'encourager dans cette langue que je ne comprenais pas. Enfin, dire que je ne comprenais pas n'est pas tout à fait exact. C'est difficile à t'expliquer, mais je parvenais quand même à saisir certains mots. Ils paraissaient déformés mais éveillaient en moi des échos de déjà-vu, ou plutôt « déjà-entendu ».

Et puis, je me penchai sur le sarcophage.

Car c'en était bien un !

Le corps qui s'y trouvait allongé ne laissait planer aucun doute là-dessus.

Il était couché sur le ventre. Le visage contre la pierre.

Ses mains reposaient sur son dos, attachées.

Son annulaire était ceint d'un anneau de métal dont le chaton représentait une croix.

Une croix étrange.

Pareille à ma blessure !

C'est alors que le tombeau s'effondra, m'ensevelissant sous des tonnes de terre et d'eau !

Je poussai un hurlement sans fin…

Tu sais, comme dans ces films ayant pour héros des psychopathes qui massacrent des ados débiles...

Hahaaaaaaaaaaaahaaaaaaaa !

Chapitre cinq: duquel surgit un puzzle de verre

- Ottavia ! Ottavia ! Ma puce ! Là ! C'est fini ! C'est un mauvais rêve !

Toute cette eau sur mon front, sur mes joues !

Je suffoque, une odeur de fumée et de moisi dans les narines, pousse un cri, ouvre les yeux. Sur le visage d'une gargouille ! Non, celui de papa, tordu par l'inquiétude.

- Là, c'est fini ! Tu as fait un cauchemar !

Je suis dans ma chambre. Allongée entre deux piles de documents dont certains ont valdingué jusque sous mon lit. Mon pansement gît contre la porte. Avec sa gaze blanche et les bouts de sparadrap qui s'en échappent de tous côtés, il ressemble à une monstrueuse araignée.

De l'eau coule sur mes joues. C'est papa qui presse un gant humide sur mon front.

Il soupire.

- Tu m'as fait peur ! Impossible de te réveiller… Tu te débattais dans tous les sens !

J'ai la gorge nouée.

Du mal à respirer.

Comme si j'avais sur la poitrine ce monstre censé représenter un cauchemar, sur le tableau de Füssli dont on peut admirer une copie dans l'atelier de maman. Je parviens à m'asseoir. M'adosse à l'armoire peinte en vert et violet ; le violet c'est ma couleur préférée. Ce contact familier me rassure. Papa est à genoux. Il a posé le gant sur le coin de mon lit.

- Tu m'as fait peur ! répète-t-il.

- Et moi j'ai eu très peur !

Il sourit.

- C'est le docteur qui avait raison. Il est plutôt violent son traitement.

Je confirme en silence.

J'ai du mal à croire qu'il ne s'agissait là que d'un cauchemar. C'était tellement… Tellement réel !

Et pourtant ! Je me relève, titube jusqu'à la fenêtre. Mon vélo est toujours à sa place, contre le pilier de briques du portail.

- Je me suis endormie !

- Et d'un profond sommeil, en plus ! Montre ton bras, un peu ?

Libéré de son pansement, mon bras fait triste figure !

La cicatrice en forme de croix est toute boursouflée, rouge, violacée.

Mais elle ne me fait pas souffrir. Enfin, pas trop.

- Je vais te mettre un nouveau pansement ! prévient papa en se relevant.

Puis j'ai droit à un bisou sur le front. Et un autre sur ma joue encore humide.

- Au fait… C'était quoi ton cauchemar ?

D'habitude, j'évite de trop mentir. Je n'aime pas ça. Ce n'est pas honnête. Et puis, quand je mens, ça se voit tout de suite, alors ça ne sert à rien de raconter des craques. Mais là, je préfère éluder.

- Oh… Je ne sais plus trop. Mais ça va sûrement me revenir !

Le temps de me passer un nouveau coup d'eau sur le visage, de me redonner un coup de peigne, d'engloutir quelques crêpes au beurre salé réchauffées au micro-ondes et je pousse la porte vitrée qui mène à l'atelier de maman.

Maman qui a entrepris de nettoyer les pièces d'un premier carton.

Elle a déjà bien avancé.

De façon délicate mais décidée, elle se saisit des morceaux de verre un à un, les nettoie avec un coton tige et de l'eau claire.

- Tu ne mets pas de savon ou de produit à vaisselle ?

- Surtout pas malheureuse ! Tant qu'on ne connaît pas leur état véritable, mieux vaut éviter tout contact avec un produit qui pourrait les abîmer ! Tu sais, normalement, quand on procède à la dépose des vitraux d'une cathédrale comme Notre-Dame de Chartres, les pièces de verre sont analysées par des spécialistes qui étudient leur état, leur degré de dégradation et les causes de cette dernière. Et ce n'est qu'après l'avis des experts que l'on entame un traitement avec des produits adaptés ! Un produit trop corrosif pourrait abîmer la grisaille !

La grisaille, c'est la peinture avec laquelle on peint sur le verre. Elle peut être brune, noire, ou de différentes couleurs. On l'achète sous forme de poudre que l'on mélange avec de l'eau ou du vinaigre. C'est une peinture à base de verre. Aussi, quand on porte le verre à une température de 630 ou 650 degrés, il commence à fondre et la peinture se mélange à lui. Du coup, un vitrail peint peut résister des centaines d'années. Reste qu'avec le temps, les intempéries, la pollution aussi de nos jours, et l'altération du verre que maman compare souvent à un être vivant, bien souvent les vieux vitraux demandent à être restaurés. Et c'est là qu'il convient d'être prudent ! La grisaille, c'est la peinture du vitrail par excellence. Elle existe depuis le moyen-âge !

- Il s'agit vraisemblablement de véritables vitraux médiévaux ! avance maman. Va donc jeter un coup d'œil sur la table lumineuse !

Comme son nom l'indique, la table lumineuse est une table... lumineuse ! En fait, son plateau est constitué d'une large plaque de verre sous laquelle on a glissé une feuille de papier blanc ou de diffuseur en plastique. Juste en dessous, un néon permet d'éclairer la plaque de verre. C'est très utile quand on peint des vitraux mais aussi quand on veut les observer par transparence.

Maman a disposé quelques-unes des pièces sur sa table lumineuse.

Ici, un visage allongé, les paupières lourdes, la bouche lippue, au style très médiéval. Là, un drapé de mauve et de jaune aux reflets moirés comme du velours. C'est le verre qui est coloré, teinté dans la masse, comme dit maman. C'est au verre que l'on doit les couleurs, pas à la grisaille. Plus tard, à la Renaissance, les peintres sur verre inventeront les émaux, des peintures de couleur transparente. Au moyen-âge, les émaux n'existaient pas encore. Il fallait jouer avec les couleurs du verre, les ombres et les traits à la grisaille pour donner du relief aux vitraux.

Là encore, un hennin, un de ces chapeaux pointus que portaient les femmes riches.

Ici, la jambe d'un cheval aux muscles saillants.

- C'est magnifique !

Je ne sais trop quoi dire. Ces petits morceaux de puzzle peints voici des centaines et des centaines d'années m'émeuvent à un point que tu ne saurais imaginer. Je pense à la main anonyme qui les a conçus. À l'époque de la construction des cathédrales, les maîtres verriers ne signaient pas leurs œuvres. Ou très peu. Ils étaient entièrement au service de leur création. Ils ne songeaient même pas à laisser une trace de leur talent par une signature. Ce n'est que bien plus tard, avec l'apparition de la notion d'artiste, que les verriers mais aussi les sculpteurs, peintres, et autres tailleurs de pierre ont commencé à signer leurs œuvres... Au moyen-âge, seuls quelques signes dans la pierre permettaient aux Compagnons bâtisseurs de reconnaître leurs prédécesseurs. Le commun des mortels restait ignorant de leur nom pour l'Éternité...

Le trait est riche de pleins et de déliés, assuré, fluide, d'un seul tenant, tiré sans hésitation aucune, sans reprise qui pourrait alourdir le dessin. Les couleurs restent vives malgré les siècles.

Tu sais, c'est très difficile de peindre sur du verre ! Contrairement au papier, le verre « n'accroche » pas la peinture. Jusqu'à ce que tu cuises ta pièce, un seul faux mouvement, un coup de pinceau trop maladroit, mal ajusté et hop ! Il te faut tout effacer, tout recommencer ! Et puis, il est nécessaire de bien doser la grisaille sur ton pinceau, sinon, l'épaisseur de ton trait est irrégulière, ou alors cela te donne de grosses gouttes très inesthétiques. Bref, c'est tout un art ! Et je ne te parle pas de la cuisson qui, à l'époque se pratiquait dans un four construit à base de bois, de terre et de crottin d'âne ! Rien à voir avec nos fours électriques modernes dont on programme la température d'un simple geste ! Sans doute est-ce pour toutes ces raisons que les verriers portaient le titre de gentilshommes verriers. Ils étaient les seuls parmi toutes les professions des bâtisseurs à être autorisés à porter une épée à la ceinture !

Pourquoi je te dis tout ça, moi ?

Ah oui ! Juste pour t'expliquer la difficulté qu'il y a de peindre sur du verre et souligner la qualité du travail que j'ai sous les yeux.

Maman a également allumé la grande table lumineuse, celle qu'elle utilise quand elle veut avoir l'impression d'ensemble d'un grand vitrail.

Elle a commencé à assembler quelques pièces.

- As-tu trouvé quelque chose d'intéressant dans tes papiers ? demande maman tout en passant un coup de chiffon sur une arabesque de fleurs et de feuilles figée dans le verre depuis près de 700 ans. Elle a les mains toutes grises de poussière de plomb. D'une grande poubelle en plastique s'échappent des tiges de plomb torturées et noircies.

- Pour l'instant, rien qui concerne les vitraux ! Des trucs sur des châteaux du coin, enfin d'anciens châteaux, qui n'existent plus. Des papiers sur l'épidémie de typhus qui avait endeuillé la commune au tout début du XIXème siècle. D'autres sur l'incendie de la cathédrale de Chartres au moyen-âge. Je suis loin d'avoir tout lu ! Bon, j'y retourne !

Chapitre six : dans lequel l'héroïne décide de devenir une héroïne...

Malgré tous mes efforts, j'ai du mal à me concentrer. Je n'arrête pas de revivre mon cauchemar, si vraiment il s'agissait bien d'un cauchemar. Papa m'a dit que je criais, que j'avais l'air de délirer ! Tu parles ! Être poursuivie par des cavaliers assoiffés de sang et finir engloutie dans un caveau, il y a de quoi paniquer, non ? Bon d'accord, ce n'était qu'un rêve, mais quand même !

Mes yeux se posent sur la pochette de cuir trouvée juste avant que je ne sombre dans un sommeil agité. Il s'y trouve quelques feuilles manuscrites plissées comme la peau d'une pomme oubliée trop longtemps dans une corbeille à fruits. Quelques croquis, aussi. L'un d'eux m'arrache un cri de surprise. Et de frayeur ! Il s'agit d'un dessin représentant une église. Oui, mais pas n'importe laquelle. Celle que j'ai vue, tout à l'heure dans mon rêve !!!

Là, là... Je sais. Tu te dis : « Elle est gentille, Ottavia, mais elle n'a pas besoin de mettre trois points d'exclamation à la fin de sa phrase ! Il n'y a rien de surprenant à tout ça ! En fait, elle a vu le dessin et peut-être même lu le carnet AVANT de s'endormir. Et c'est à partir de ça qu'elle a tricoté son rêve ! Un petit coup d'incendie détruisant la cathédrale de Chartres, les chevaliers, l'église et tout le reste ! Allez, ne nie pas ! Je crois t'entendre ! Mais je t'assure que tu te trompes !

« Simple coïncidence, alors ? » songeras-tu en haussant les épaules.

Peut-être. N'empêche que c'est la même église, en construction, adossée à son tertre. Son tertre qui en y regardant de plus près, ressemble fort à l'espèce de monticule qui se trouve à une cinquantaine de mètre de l'oratoire Saint-Jacques. Bien sûr, sur le dessin, il ressemble simplement à une motte de beurre un peu arrondie dans les coins, alors qu'aujourd'hui, il est en partie dissimulé par une frange d'arbres et de buissons ! Mais je suis sûre que c'est le même endroit ! Je suis sûre qu'il y a des centaines d'années, le Bois des Morts ressemblait à ce que j'ai vu.

Une autre illustration représente une sorte de médaillon. On y voit une salamandre juchée sur une croix ; une croix étrange qui ressemble tout à la fois à ma blessure et au motif ornant la bague que portait l'homme étendu dans le cercueil de pierre. La salamandre, le symbole du feu en magie...

Papa a raison ! C'est délirant !

J'avoue que je commençais à avoir peur, toute seule dans ma chambre.

Même la voix de Georges Brassens ne parvenait pas à me rassurer.

J'ai eu envie d'aller tout raconter à papa et maman. Mais ils ne m'auraient jamais cru! Comment l'auraient-ils pu ? Ils me font une confiance absolue (enfin, je crois !), mais là, malgré toute la bonne volonté dont je les sais capables, il leur aurait été difficile d'ajouter foi à mes propos. Je pense qu'ils auraient mis ça sur le compte de la fièvre, des médicaments, de la fatigue ou je ne sais quoi. Et à leur place, je dois bien avouer que j'en aurais fait autant !

Alors, je me suis dit que je devais me calmer, respirer un grand coup et me métamorphoser en… héroïne ! Après tout, j'en avais souvent rêvé ! Dans les livres, il y a toujours un moment où l'héroïne est confrontée à un choix. Si elle décide de ne pas monter voir au grenier l'origine des grincements qu'elle perçoit, si elle refuse de descendre à la cave en pleine nuit pour remettre les plombs qui ont sauté pendant l'orage, il n'y a pas d'histoire, pas d'aventure, pas d'héroïne. Rien que le quotidien. Et des pages qui restent blanches. Un livre qu'on n'ouvre pas. Qui n'existe pas.

Par contre, si elle emprunte l'escalier branlant, une chandelle à la main, si elle se décide à affronter ses peurs qui naissent dans le ventre de la cave, elle écrit sa propre histoire dont elle devient l'héroïne.

Le problème, c'est que dans les livres, les personnages sont de papier et non de chair, comme moi. Dans la vraie vie, le danger peut être mortel.

Bon, là j'exagère peut-être un peu. Je n'ai pas à descendre à la cave et le grenier est bien éclairé. Et je n'ai rien à y faire non plus! J'ai juste à me demander si, oui ou non, je vais me plonger dans la lecture des quelques pages que je viens de dénicher ! J'ai très peur d'y lire ce que je viens de vivre en rêve, ou plutôt en cauchemar.

- Ottavia ! À table !

Déjà ? Eh oui !

Je lirai ça plus tard. Pas ce soir. Pas avant de me coucher. On a beau être une future héroïne, il y a des trucs qui filent les pétoches !

Chapitre sept : où l'on assiste à une inquiétante plongée au royaume des morts

- Alors ça va mieux ?

- Bof ! Mon bras me lance et j'ai mal à la tête. Et j'ai un peu envie de vomir, aussi. Et je me sens les jambes toutes molles. J'ai l'impression d'avoir dormi dix minutes, pas plus. La nuit a été courte.

- Ma pauvre chérie !

- Et puis j'ai un peu mal au crâne, enfin, ça me lance. Par moment.

Maman me serre fort dans ses bras. Elle sent le savon à la noix de coco. Papa n'est pas encore rasé. Maman a dû monopoliser la salle de bain pendant des heures. Depuis le milieu de la nuit, au moins. Pourtant, papa n'a pas l'air de mauvaise humeur. Juste un peu inquiet à mon sujet.

- Dans ce cas-là, je téléphone à ta maîtresse. Il vaut mieux que tu restes à la maison. Qu'est-ce que tu en penses ?

Je prends l'air le plus pitoyable que je puisse imaginer. Je sais à peu près ce que ça donne : l'œil qui tombe, la lèvre supérieure boudeuse, le sourcil froncé… Je m'y entraîne régulièrement devant le grand miroir de la salle de bain. Je m'entraîne à afficher toutes sortes d'attitudes, en fait. La colère, la tristesse, l'inquiétude. Je sais que ce n'est pas une perte de temps, tous ces entraînements.

La preuve !

- Ben… C'est vrai que ce n'est pas la grande forme. Tu crois que je vais mourir ?

Là, heu, j'y suis allée un peu fort.

Papa et maman éclatent de rire. Je décide de simuler la contrariété.

- Mais non, tout va bien ne t'inquiète pas ! rétorque papa. Bon, j'ai rendez-vous avec un client, ce midi, à Orléans. J'en ai pour la journée mais je peux décommander. Surtout que tu dois aller récupérer ta commande de plombs et d'émaux à Beauvais ! ajoute-t-il en se tournant vers maman.

- T'inquiète, papa ! Allez à vos rendez-vous tous les deux ! Je peux très bien me débrouiller toute seule ! J'ai vos numéros de portables et s'il y avait un problème, je passerais un coup de fil à l'école. Après tout, c'est juste à côté !

Papa et maman se concertent un instant, mais je sais que j'ai gagné ! Oh, ils sont bien encore un peu hésitants mais…

- Et pour le déjeuner ?

Je soupire.

- Tu sais, je n'ai pas bien faim. Je suis toute remuée. Et puis, il y a un reste de pizza et des carottes râpées. Allez ! Je survivrai jusqu'à votre retour !

- Toi, manger un reste de carottes râpées ?

Papa se mordille les lèvres, encore en proie au doute. Quel père poule ! Je décide de clore la discussion. Il est presque à point !

- Dis-le : tu ne me fais pas confiance !

- Mais si, tu sais bien ! C'est que je n'aime pas te savoir seule dans ton état.

- Je vais beaucoup mieux ! Je m'insurge. Je t'assure. Mais…

- Mais, je cite : ton bras te lance et tu as mal à la tête. Et tu as un peu envie de vomir, aussi. Et tu te sens les jambes toutes molles. Et j'oubliais, tu as un peu mal au crâne, enfin, par moment. À part ça, tu es en pleine forme !

Maman met fin à l'amorce de dispute.

- Bon, allez. Je vais essayer de revenir au plus vite. Tu as nos numéros de portable. Tu as celui de l'école. Je préviens madame Buil.

Quelques dernières recommandations, un ultime bisou et les voilà partis, l'un vers le Sud, l'autre vers le Nord-Ouest, le premier dans sa camionnette mauve (c'est moi qui ai choisi la couleur), la seconde dans son pick-up violet (c'est encore moi qui ai fixé la couleur).

Je leur laisse vingt bonnes minutes durant lesquelles je passe sous la douche. On ne sait jamais. Des fois que l'un ou l'autre se matérialiserait pour récupérer un truc oublié. Je ne peux attendre trop longtemps non plus parce que tels que je les connais, je vais avoir droit à deux ou trois coups de fil en milieu ou en fin de matinée. Si je veux éviter les questions embarrassantes, mieux vaut ne pas trop traîner.

J'enfile un jean, un tee-shirt et file récupérer mon vélo. En passant par l'atelier, je mets la main sur une lampe torche et une petite pioche bricolée par papa que je glisse à la ceinture. C'est la pioche qu'il utilise quand il part avec son détecteur de métaux, sa poêle à frire comme il dit, en quête de trésors. Des trésors, il n'en a jamais trouvé pour l'instant, mais c'est toujours amusant de rêver ! En attendant, il possède une belle collection de douilles de balles de la guerre de 1870, des trucs et des machins métalliques non identifiés, une boucle de ceinture rouillée, une cloche à mouton et, si, quand même, un sesterce tout vert.

Et me voici sur la route, attirée par le bois des Morts comme un magnet sur la porte d'un réfrigérateur ! Sauf que cette fois, je me garde bien d'emprunter la route qui longe l'école, préférant jouer la carte de la discrétion, quitte à rallonger de quelques centaines de mètres le chemin ! Tu imagines la tête de madame Buil me voyant passer à vélo devant l'école alors que je suis censée être à l'agonie ? Moi j'imagine, et j'imagine bien la suite aussi !

C'est tout essoufflée que j'arrive à la mariette.

Elle est telle que je la connais. Minuscule et bienveillante, reposant dans son écrin d'arbres et de fougères, enveloppée de son manteau de lierre. Le paysage rêvé la veille n'existe plus que dans mon souvenir. Je reconnais que ça me rassure.

Je pousse pourtant un peu plus loin, enjambant les troncs morts des bouleaux et des châtaigniers allongés, enchevêtrés comme un nœud de spaghetti accroché au fond de la casserole. D'énormes souches, bien plus hautes que moi, se dressent ici et là comme de véritables murs à moitié éboulés.

Et puis, je débouche devant le tertre.

Il est bordé par une cuvette large d'une vingtaine de mètres et assez profonde. La fragilisation dû terrain suite aux mouvements des arbres, les pluies abondantes des années suivant la tempête ont provoqué ce glissement de terrain. À tel point que les anciens propriétaires du lieu en ont interdit l'accès grâce à une triple rangée de barbelés.

Fort heureusement, les sangliers et autres cervidés que l'on croise dans la région, ne reculent pas devant de tels obstacles ! Sur quelques mètres, les barbelés gisent à terre et il me suffit d'enjamber le bois et le fer torsadé pour me retrouver au bord de la cuvette.

Là, je te dois quelques explications. Tu sais à quel point je suis douillette, cérébrale même dit maman; ce qui signifie que j'analyse toujours le mal que je pourrais me faire. Du coup, je suis nulle en gym, par exemple. Pas question de m'essayer au poirier : si je reste trop longtemps, le sang me descend à la tête et ça peut être dangereux ! Esquisser une roulade arrière ? Tu n'y penses pas : mes cervicales n'y résisteraient pas ! Ce qui, toutefois, ne m'empêche pas d'être une fille courageuse, téméraire même, selon maman. C'est bizarre, mais c'est comme ça. Ainsi, me faufiler dans ce trou ne m'inquiète pas plus que ça ! Va donc comprendre ! D'autant que je pourrais tomber nez à museau avec l'un des hôtes de ce terrier ; je ne sais pas moi, un blaireau ou un renard.

Mais en ce jeudi matin, c'est comme si une force inconnue m'avait envahie et m'avait ôté toute appréhension.

La terre glaise est glissante, mais je parviens à maintenir mon équilibre grâce aux énormes racines qui pointent ça et là. J'arrive enfin au pied du tertre. C'est comme la bouche d'un géant qui ne demanderait qu'à m'avaler ; quelques silex effilés figurent des dents acérées. Durant un instant, j'essaie de me persuader que ce n'est pas une bonne idée, que mon équipée va très mal se terminer et que je ferais mieux de rentrer, de regarder en boucle un DVD en attendant le retour de papa et maman.

Durant un instant seulement.

C'est comme si une autre que moi, une seconde Ottavia, m'incitait à jouer les Indiana Jones !

En quelques coups de pioche, je parviens à agrandir l'ouverture. La terre est meuble ce qui facilite mon travail. Et puis, alors que je tente de dégager une grosse pierre, c'est tout un pan de paroi qui s'éboule. Derrière, il n'y a rien ! Plus rien. Que du noir ! Le faisceau lumineux de ma lampe torche troue l'obscurité. Rien à voir avec un terrier ! Ou alors, il s'agit là du terrier d'un lapin géant ou d'un éléphant, animaux très rares dans la région ! Je me glisse par le goulet et me retrouve dans un couloir. Ça sent le moisi, la feuille morte putréfiée, le marigot un soir d'été, les moustiques en moins, le chou-fleur à la béchamel... Beurk !

Le sol est en pierre, les murs aussi. Je parviens à me relever, étonnée.

Étonnée ? Peut-être pas tant que ça. Après tout, en venant ici, je m'attendais à quelque chose de ce genre. Je ne pensais pas, toutefois, que ce serait aussi facile d'accès.

Mon bras me lance un peu. Pas trop cependant. Heureusement. Il n'y a personne ici pour essuyer mes larmes, personne pour m'entendre crier, personne pour me voir sauter à cloche-pied !

Les pavés sont humides et je dois prendre garde à ne pas glisser. J'avance lentement dans ce souterrain, un peu intimidée. Je dois être la première à m'aventurer ici depuis bien longtemps. La peur me reprend, alimentée par mon imagination. Toutes les deux font bon ménage, s'entretiennent l'une et l'autre. Je songe à la malédiction de Toutankhamon, aux morts étranges et suspectes de la plupart de ceux qui participaient à l'expédition. Je revois cette gravure, sur l'un des vieux bouquins de papa, L'Enfer de Dante : un vieillard barbu s'apprête à pénétrer dans un souterrain comme celui-ci menant aux Enfers. Il est gravé dans le roc quelque chose comme : « Toi qui pénètres ici, abandonne toute espérance... » Brrrhhh...

Et si ce souterrain était gardé par un fantôme ?

Il paraît qu'en forêt de Dreux, pas loin de chez mamie, le souterrain de l'ancien château de la Robertière est hanté par un Homme Blanc. Papa m'a raconté, un jour que nous étions allés y pique-niquer, la légende de ces ruines qui se dressent au cœur de la forêt. M'indiquant une trouée dans le sol et les quelques marches menant jusqu'à une très moderne grille de fer, il m'avait affirmé que sous nos pieds se dissimulait une vaste salle au trésor. Il y aurait là, depuis des siècles, de l'or, des bijoux, des pierres précieuses. Tout ce qui fait rêver les petites filles. Mais pas seulement les petites filles ! Ce trésor serait gardé par un Homme Blanc qui ne quitterait son poste qu'à l'occasion de la messe de minuit, à Noël.

- Il se murmure, avait chuchoté papa, que certains téméraires avides de richesses s'engagent de temps en temps dans ce boyau sombre à la minuit, le soir de Noël, tandis que l'Homme Blanc a quitté son poste pour assister à l'office. La lourde porte est alors ouverte. Ils pénètrent dans la place où tous les trésors de la Terre semblent avoir été réunis. Ils n'ont que le temps des douze coups de minuit pour s'emparer des richesses qui s'étalent sous leurs yeux. Et tandis que sonnent les cloches, égrenant un à un les douze coups fatidiques, les malheureux guidés par leur seule avidité s'entêtent à vouloir emplir poches et havresacs. Généralement, au douzième coup sonnant la minuit, ils sont encore dans la place. Et la porte se referme sur eux, les emprisonnant à jamais !

Papa avait observé une pause qui se voulait dramatique. Effet garanti, je t'assure !

- On dit qu'elle se referme si bien que pas même un soupir ne peut la franchir ! avait-il conclu en roulant des yeux.

Si je m'écoutais, enfin si j'écoutais la véritable Ottavia, je prendrais mes jambes à mon cou et filerais loin d'ici. Mais il y a l'autre Ottavia, celle que je ne connaissais pas, pas encore, qui m'incite à continuer.

Et je continue, guettant cependant le moindre bruit, attentive au moindre mouvement, à la moindre ombre projetée par le rai de lumière qui me précède de quelques mètres.

Imperceptiblement, le souterrain paraît s'enfoncer vers le centre de la Terre. Il fait de plus en plus chaud. Je finis par déboucher sur une salle ronde. Que je reconnais.

Il ne pouvait en être autrement.

Ne me demande pas d'explication.

Il y a des choses qu'on ne peut expliquer.

Tout comme ce sarcophage de pierre placé au milieu de la crypte !

Chapitre huit : où apparaît l'anneau au doigt du squelette

Ce sarcophage, je savais que je le trouverais là.

- C'est d'ailleurs pour ça que tu es là ! me murmure à l'oreille l'autre Ottavia.

Comme dans mon rêve d'hier, je m'approche de la caisse de pierre. Mais c'est un squelette qui l'occupe, cette fois. Ses os sont jaunes, patinés, presque noirs pour certains.

Il est couché sur le ventre, ses cheveux jaunis pareils à du crin de cheval lui descendent jusqu'aux reins.

Il a les mains attachées sur le dos. Et à son annulaire, ou ce qu'il en reste, je repère immédiatement la bague.

Elle paraît projeter des éclairs sous les rayons de la lampe.

Je n'en vois pas le chaton, mais je sais ce qui s'y trouve.

D'une main tremblante, je l'enlève le plus délicatement possible du doigt qui ressemble à une petite branche de bois mort.

Dans ma main, la bague brille de façon étrange. Comme si ce n'était pas ma lampe qui la faisait luire mais comme si elle dégageait elle-même une sorte de lumière.

Le chaton présente cette même croix que je savais y trouver. Cette croix qui ressemble étonnamment à ma blessure.

Le faisceau de ma lampe, que je laisse courir d'une paroi à l'autre de l'étrange sarcophage, éclaire un autre objet métallique.

Un petit coffret tout en longueur, ouvragé, finement ciselé, pas plus grand qu'une boîte de Mikado. Il est très léger dans ma paume, mais quand je le remue, il résonne légèrement, comme s'il n'était pas vide.

C'est alors que je sens l'autre Ottavia, la plus téméraire, la plus courageuse, me quitter sur la pointe des pieds.

L'odeur de moisi me paraît plus forte que tout à l'heure, bien plus agressive, les murs plus suintants, l'air plus lourd de fantômes. Je sens mon imagination revenir en vagues géantes qui s'engouffrent dans mon esprit emportant les digues de ma raison. Ça, je l'ai lu dans un bouquin de papa ; j'aime bien cette image mais je n'en comprends véritablement le sens qu'en ce moment !

Et si le squelette se relevait, rendu fou furieux par ce vol ? C'est vrai, quoi ? Qu'est-ce qui m'a pris de piquer la bague d'un mort ? C'est une profanation, ça ne se fait pas ! Je sens une goutte de sueur naître à la racine de mes cheveux qui ne sont pas loin de vouloir se hérisser. Je sens des picotements désagréables sur ma nuque.

Surtout ne pas paniquer ; retrouver la sortie, éviter de glisser et de me casser la figure, récupérer mon vélo et voler jusqu'à la maison, sans passer devant l'école.

Et réfléchir.

Et là, je me mets *vraiment* à réfléchir.

Que je suis bête !

Ce sont encore les médicaments !

Comme hier, je suis en train de rêver !

C'est évident !

Ottavia, la vraie, n'aurait jamais pris le risque de se glisser dans un terrier boueux, de s'engouffrer dans le boyau insalubre d'un souterrain vieux de plusieurs centaines d'années, de marcher jusqu'au sarcophage et de dérober une bague à un squelette, UN SQUELETTE !

Comme hier, je me suis endormie et je cauchemarde.

Si ça se trouve, c'est encore papa et maman qui vont me réveiller.

Je dois prendre les devants.

Alors je me concentre.

Au pied du sarcophage.

Je ferme les yeux.

Pour quitter le sommeil.

Je ferme les yeux très fort.

Je retiens ma respiration.

Et quand je les rouvre...

Chapitre neuf : dans lequel l'héroïne ouvre le coffret aux Salamandres

Je suis toujours dans le noir, au fond de ce souterrain, au pied du cercueil de pierre. J'ai serré le poing tellement fort que la marque de la bague s'est imprimée dans ma paume.

Je ne rêve donc pas.

Ou alors c'est bien imité !

De l'autre côté du sarcophage, à une dizaine de mètres de l'endroit où je me trouve, le faisceau lumineux dévoile une lourde porte de bois ouvragée.

Je sais qu'elle mène à l'église, laquelle n'existe plus depuis longtemps.

Et puis, je me souviens de la fin de mon cauchemar d'hier.

Et s'il s'agissait d'un rêve prémonitoire ?

Et si, comme dans les films, le simple fait d'ôter sa bague au squelette centenaire avait déclenché un mécanisme d'autodestruction ? Ça pourrait sans doute expliquer l'effondrement rêvé la veille ? Je repense à l'histoire de papa, au château de la Robertière, à la porte qui se referme, emprisonnant pour l'éternité quelque audacieux chasseur de trésor...

Là, tu peux me croire, je n'en mène pas large ! Je retiens mon souffle, en quête du moindre grincement, du plus petit craquement. Qui ne manque pas de se produire. Oh, c'est un tout petit rien, n'empêche qu'il me paraît résonner comme l'annonce d'un éboulement !

Alors je pousse un de ces hurlements qu'apprécie papa et me mets à courir en direction de la sortie ! Mon cri résonne, rebondit contre les parois, m'accompagne tout au long du chemin, me précède même, m'attend à la sortie ! J'ai l'impression d'entendre des pas derrière moi, des grincements de dents et d'os peut-être. Je crois percevoir le sinistre grondement des pierres qui s'entrechoquent, de la glaise qui se met à glisser, de la terre qui s'effondre. Je crie « Maman !!!. », les bras tendus en avant.

Oh, bien sûr, alors que j'écris, je me dis que je pourrais passer sous silence quelques passages. Celui-ci par exemple. Tu vas penser que je suis une vraie froussarde. Mais j'aime autant être honnête avec toi. Après tout, je voudrais bien t'y voir, seule ou seul, dans un souterrain en compagnie d'un squelette. Alors oui, c'est vrai, j'ai paniqué ! J'ai poussé des hurlements qui n'avaient rien à envier à ceux que provoque chez moi une piqûre d'orties.

J'étais tellement terrorisée que je me suis retrouvée sur mon vélo sans trop savoir comment, à pédaler à toute vitesse vers la maison. J'en ai même oublié d'éviter l'école. C'était l'heure de la récréation ! Les copains et les copines étaient en train de jouer dans la cour, mais vu la vitesse à laquelle j'ai longé les grilles, ils ne m'ont pas reconnue ! Ou alors, ils sont restés très discrets puisque je n'ai jamais eu d'écho de ma petite balade matinale.

Quand j'arrive à la maison, le téléphone sonne.

Trop tard !

Quand je décroche, juste la voix métallique du répondeur :

- Vous avez UN nouveau message. Etc.

C'est papa.

Je le rappelle aussitôt. Le rassure. Oui, j'étais sous la douche quand le téléphone a sonné.

Elle a bon dos, la douche ! Si papa me voyait à cet instant comme je me vois dans le miroir du salon, espèce de gnome tout crotté, enveloppé dans une gangue de terre, pareil à un Golem, hirsute car le cheveu fou, rouge d'argile aux genoux et sur les joues. Si je me croise dans un bois, je me sauve en courant !

Bon, si tout va bien alors, tout va bien. Papa me signale qu'au retour il passera voir Martine et Jean-Pierre dans leur nouvelle maison de Jallans, près de Châteaudun.

Au moment où je raccroche, c'est maman qui appelle. Oui, tout va bien, je me sens encore un peu fatiguée mais qu'elle ne s'inquiète pas. Je vais bouquiner, dessiner, peut-être regarder le dernier DVD d'Harry Potter. Ma blessure ? Elle tire un peu mais sans plus. Non, vraiment, qu'elle ne s'inquiète pas.

Je pousse alors la porte de ma chambre, pose le coffret et l'anneau sur la table de nuit et file dans la salle de bain entamer ma seconde douche de la journée.

Je me glisse dans un jean blanc. La tomette est fraîche sous mes talons. Je récupère l'anneau, l'examine de plus près. Il est en métal argenté, peut-être en argent tout simplement. Sa croix me fascine. Exactement la même forme que ma blessure. C'est de la sorcellerie.

Le coffret s'ouvre facilement. Il est serti de nombreuses salamandres dont les queues se mêlent et s'entremêlent, formant des arabesques compliquées. Je cours dégoter l'encyclopédie des symboles de papa qui trône quelque part dans son fouillis. J'y apprends que la salamandre est un animal chargé de symboles, un être qui vit dans le feu et s'en nourrit, que le roi François Premier l'avait pris pour emblème. Les alchimistes, ceux-là même qui cherchaient la pierre philosophale capable de leur donner l'immortalité et tentaient de découvrir la façon de transformer le plomb en or, la vénéraient. Ils pensaient en effet que la salamandre représentait « le sel central, incombustible et fixe qui garde sa nature jusque dans les cendres des métaux calcinés. » Là, je dois avouer que je ne comprends pas grand-chose à ce charabia.

Je découvre, au fond de la boîte, sept bâtonnets entourés d'une étrange matière, mi-sèche, mi-humide. D'un doigt, j'en palpe la substance, le mets sous mon nez. Une odeur de fleurs fanées, pas désagréable. On dirait... On dirait de ces bâtons d'encens indiens que maman achète à la tonne et qu'elle fait brûler dans son atelier en écoutant de la musique celtique !

Je me plonge alors de nouveau dans le carton de documents laissé en plan hier soir.

Là encore, j'ai l'impression que je suis la première depuis longtemps à fouiller là-dedans.

Chapitre dix : où l'on fait connaissance avec un gentilhomme verrier accusé de sorcellerie

- 16 avril 1712. Moi, Isidore d'Orval-Carrère, fermier du Roy, a fait la découverte en ma demeure de Saint-Marc, de documents anciens ayant trait à une partie cachée de notre estimable famille. Avec l'aide du Père Mandel, homme érudit et versé dans le latin bien plus que moi, je suis parvenu à traduire certains documents très anciens, pièces manuscrites rédigées voici près de quatre siècles, en ces temps d'obscurantisme et de superstition. La plupart des documents ont été retrouvés sous la vaste cheminée du salon que nous avons entrepris de démolir aux fins d'agrandissement de la pièce. Avons recopié, du tant que se peut, la plupart des pièces aujourd'hui irrémédiablement détruites à cause des outrages du temps, pour en laisser la teneur à la postérité. Avons également trouvé des restes d'un vitrail de très magnifique facture représentant un enfant.

La lecture de certaines pages manuscrites n'est pas simple ! Les « S » sont la plupart du temps remplacés par des « F », il manque des « T » à la fin des mots. De plus, l'écriture est parfois à moitié effacée.

Quant aux rares documents encore plus anciens, ils sont carrément illisibles, rédigés en écriture gothique, en latin, intraduisibles... par moi en tout cas.

Toutefois, très rapidement, l'existence de l'église ne fait plus aucun doute.

En fait, autrefois, le village se dressait dans la forêt. Il s'appelait Sanctus Marcus et comptait une trentaine de feux. Un coup d'œil dans le dictionnaire m'apprend qu'à l'époque, c'est ainsi qu'on appelait les « foyers » c'est-à-dire les familles.

Dans la foulée, j'apprends que le village et son église, datant du XIVème siècle sont situés dans le Bois des Maures et non des Morts comme je le croyais. Le bois des Sarrasins, donc. Y aurait-il eu des Sarrasins dans la région ? Moi qui pensais que Charles Martel les avait arrêtés à Poitiers des siècles auparavant.

C'est une super découverte que je viens de faire ! J'ai hâte d'annoncer à papa que « son » église a bel et bien existé, même s'il n'en reste rien à présent !

Il y a toute une liste de noms d'évêques ou de curés, je ne sais pas trop.

Et puis, des listes de commandes. Ici du verre, là de la pierre ; de la chaux. Là encore, des boisseaux de bois. Des chiffres.

« Sepmaine Saint-Laurens commençant le 4ème aoust. Colin, masçon, a achevié la cheminée et le fourneau des verriers. Sepmaine Saint-Martin, commençant le dernier jour de juin, Jacquet a fourni en charbon les plommiers et verriers. Versé 4 sols par jour à Estienne Richeust, potier... »

Sans doute très intéressant mais, je l'avoue, ces enfilades de chiffres et de noms demandent un peu plus de travail de traduction ! Je décide de laisser ça à papa ou maman.

En fouillant un peu plus, je tombe sur un parchemin en bien mauvais état. Il y a des manques un peu partout, des phrases entières sont effacées. Pourtant, c'est passionnant. C'est ce que l'on appelle les minutes d'un procès.

Il est daté de 1347.

Il y est question d'un maître verrier appelé Clément, accusé d'avoir pactisé avec le Diable et accessoirement d'avoir *« trahi les François au profit des Anglois ».*

Il lui est reproché d'avoir réalisé *« des images de verre dont la beauté n'a pu être conçue que par commerce diabolique avec Satan, Belzébuth ou tout autre entité infernale dévouée à Messire Le Diable ».*

Clément se défend d'avoir pactisé. Si ses vitraux sont magnifiques, ils le doivent à son travail, à son talent et surtout à la grâce du Dieu tout puissant qui lui a accordé ses faveurs.

Mais le malheureux Clément a beau se défendre d'être au service du Diable, tout semble l'accuser, en premier lieu certains de ses voisins.

Ainsi la dame Pernelle, qui demeure à proximité. Elle assure que nuitamment, d'étranges bruits s'en viennent lui troubler le sommeil, des bruits provenant de l'atelier du gentilhomme verrier. Des chandelles faites de suif et de graisse de pendus brillent en permanence chez lui, dit-elle en se signant.

Tel autre attardé de retour des pâtures a vu notre verrier, un soir à la mi-nuit, appeler les esprits mauvais près d'un carrefour, lieu de rencontre bien connu entre le Diable et ses suppôts.

Un autre encore, jure avoir surpris maître Clément en grande conversation avec un homme de haute taille marchant aux côtés d'un chien noir de la carrure d'un veau de plusieurs jours.

Le chien noir n'est-il pas l'une des multiples incarnations terrestres du Malin ?

Les dénégations de maître Clément ne parviennent pas à lever le doute. Au contraire, plus il tente de se justifier, plus les témoignages accusateurs se multiplient.

Chacun souhaite apporter sa pierre au tombeau qui s'érige autour du malheureux.

Chacun se souvient d'un fait insignifiant, anodin, puéril même, qui, dans l'enceinte du tribunal, se métamorphose pourtant en un nouvel élément à charge.

Son apprenti, appelé à témoigner, ne peut que jurer fidélité à son maître, assurant que jamais il n'y eut homme plus pieux, artiste plus dévoué à son art consistant à mettre en lumière le ventre des cathédrales.

Mais rien n'y fait.

Le malheureux apprenti est menacé des pires tortures s'il s'obstine à poursuivre dans cette voie mensongère sans doute dictée par quelque artifice diabolique.

Si les faits sont avérés, maître Clément sera dépossédé de ses titres, ses biens lui seront confisqués et il sera soumis au jugement de Dieu. Si Dieu se détournait de lui, ses travaux seraient rendus à son maître messire le Diable.

Le hululement du téléphone me ramène au XXIème siècle.

Je fonce au salon.

C'est papa !

Toujours aussi père poule !

Je le rassure de nouveau. Et en profite pour lui demander s'il sait ce qu'est le jugement de Dieu.

Papa réfléchit un instant.

- Je crois que c'était un supplice médiéval réservé aux sorciers, ou plutôt aux personnes qui étaient accusées de sorcellerie. Quand il y avait un doute, on laissait à Dieu le soin de juger lui-même ! On ligotait le sorcier présumé, on lui attachait les mains dans le dos et on le jetait dans une mare, un étang ou une rivière.

- Les mains attachées dans le dos ?

- Eh ! Oui ! S'il parvenait à flotter et à survivre, c'était la preuve qu'il n'était pas un sorcier puisque Dieu lui avait laissé la vie sauve. Mais tu penses bien que la plupart du temps, le malheureux coulait à pic et se noyait, ce qui, aux yeux des gens, était la preuve de sa culpabilité. Pourquoi me demandes-tu ça ?

- Je t'expliquerai quand tu rentreras ! Mais je te promets une surprise !

- Ho ! Ho ! J'ai hâte de revenir.

- J'en suis sûre. Mais pas trop vite sur la route quand même, promis ?

- Promis !

Je retourne dans ma chambre, songeuse.

Et un peu triste. Triste pour ce malheureux Clément dont je viens de découvrir l'existence en même temps que la mort.

Jeté à l'eau les mains attachées dans le dos.

Il n'avait aucune chance de s'en sortir. Sauf miracle ! Et à l'époque, le Bon Dieu avait certainement autre chose à faire que de s'occuper d'un maître verrier accusé de sorcellerie.

C'était le début de la guerre de cent ans et les morts se comptaient par milliers.

Les maladies, les épidémies, notamment la Peste Noire, la famine et les bandes armées de brigands décimaient les villages.

Que valait alors la vie d'un maître verrier ?

Je me demandais si le malheureux Clément avait été jeté dans la Mare aux Revenants ? Peut-être était-il à l'origine de la légende ? Peut-être était-il revenu hanter, siècle après siècle, les abords de la mare ? Peut-être était-ce lui qui reposait dans la crypte ? Après tout, le cadavre ou ce qu'il en restait avait été inhumé ligoté, les mains dans le dos.

Je cours à la bibliothèque. Papa possède une collection époustouflante de livres sur la magie, la sorcellerie et ce qu'il appelle l'ésotérisme en général. Je ne mets pas longtemps à dénicher un ouvrage sur les rites mortuaires. Certaines illustrations sont terrifiantes. Mais il en faut plus pour t'émouvoir quand tu viens de tomber sur un squelette vieux de plusieurs centaines d'années au fond d'un souterrain !

Dans un chapitre consacré aux vampires et aux sorciers, je découvre que ces derniers étaient ensevelis le visage contre le sol afin qu'ils ne puissent pas revenir hanter les vivants. La terre était, en outre, censée abriter les Enfers et ses occupants diaboliques, contrairement au ciel où se trouvait le Paradis, le Bon Dieu et tous les Saints.

En cet instant, j'en suis persuadée : c'est bien Clément, le gentilhomme verrier qui gît depuis près de 700 ans dans le Bois des Maures ! Et je ne suis pas loin de penser qu'il fut réellement un sorcier.

Ma blessure en forme de croix, mon cauchemar prophétique, la facilité avec laquelle je suis parvenue à pénétrer dans la crypte, à trouver le tombeau, à récupérer l'anneau et cette boîte d'encens : impossible de mettre tout ça sur le compte du hasard.

Impossible également de comprendre à quoi rime tout ceci.

Curieusement, alors que je devrais être effrayée, je me sens tout excitée à l'idée de percer ce mystère.

L'autre Ottavia ne m'a pas quittée tout à l'heure, dans le souterrain ; elle s'était juste endormie car, visiblement, elle réapparaît, plus curieuse que jamais.

L'anneau paraît m'observer depuis la table de nuit.

Je n'ose encore y toucher.

Il ne fait plus aucun doute qu'il s'agit là d'un anneau magique.

Un truc dont rêvent toutes les filles. Enfin, les ados...

Dépassés, les gadgets de WitchMag, les tarots et les cartes de prédiction ! Ce que j'ai là, c'est de l'inédit, de l'incroyable !

J'ai hâte d'en parler à mes copines !

Elles ne me croiront jamais !

Mais quand j'emmènerai tout le monde à la crypte, quand je ferai part de mes découvertes au maire et au conseil municipal, j'aurai sûrement droit aux honneurs de la presse !

Et là, elles verront bien !

Toute ragaillardie par cette idée, je décide de m'accorder un peu de repos. Les gros titres dansent dans ma tête : Une petite fille... Non, rectificatif : Une grande fille...

Non, c'est nul !

Une adolescente, oui c'est ça, « Une adolescente perce le mystère du Bois des Maures ! » « Fantastique découverte archéologique à Saint-Marc ! ». « Le sorcier dormait dans la crypte depuis 700 ans ! »

J'imagine déjà les interviews que je vais pouvoir donner.

Je glisse l'anneau à mon doigt, décide de me l'approprier.

L'observe sous tous les angles.

Le compare à mes cicatrices. La ressemblance est frappante.

Magique.

Incroyable.

Impensable.

Et si j'allumais un des bâtons d'encens ?

Histoire d'en découvrir l'odeur ?

Et puis je m'endors devant la télé.

Chapitre onze : où l'héroïne de cette étrange histoire est attaquée par un médiéval sanglier !

C'est un cri de détresse qui me réveille !

- Kruiiiiiik ! Kruiiiiiiik ! Kruiiiik !

Je suis en pleine forêt, je ne vois rien autour de moi, rien d'autre que de hautes fougères, bien plus hautes que moi, et des milliers de troncs d'arbres qui se dressent vers un ciel bouché par le feuillage.

J'entends des craquements furieux, des piétinements, un souffle rauque, effrayant, et ces cris :

- Kruiiik ! Kruiiiik !

Toute la forêt paraît s'effondrer.

Je ne sais pas si tu as déjà entendu un sanglier foncer au cœur de la forêt, mais c'est impressionnant, surtout quand tu ne le vois pas !

Le grondement de ses sabots, le choc de son corps contre tout obstacle, sa façon de renifler et, quand il est surpris ou est apeuré, ses couinements.

Je t'assure, tu as envie de te cacher dans un terrier de lapin !

Moi, je me jette contre le tronc d'un chêne.

Trop tard !

J'ai juste le temps d'apercevoir son groin, son petit œil rond, ses défenses impressionnantes.

Il paraît aussi surpris que moi, marque un écart sur le côté, ce qui me sauve sans doute la vie quand j'y repense, me bouscule d'un coup d'épaule et continue sa course. Je suis projetée violemment contre le chêne et je m'apprête à pousser un de ces hurlements dont j'ai le secret, quand d'autres bruits assèchent mes larmes à peine nées. D'autres bruits sourds qu'accompagnent le craquement des branches que l'on déchire, le bruissement des feuilles martyrisées, le cliquetis des armures, l'aboi des chiens en meute, les cris sauvages des hommes en chasse.

L'impression fulgurante de revivre le même cauchemar que la veille, mais d'un autre point de vue.

Dans un grondement apocalyptique, une douzaine de chiens, suivis quelques secondes plus tard par une petite troupe d'hommes en armes, défilent sous mes yeux.

Les couinements du sanglier, les hurlements des chiens et des hommes finissent par se perdre au loin, tandis que le silence retombe sur la forêt.

J'aimerais bien me réveiller de ce nouveau cauchemar, mais rien n'y fait. J'en suis prisonnière et papa n'est pas là pour m'en délivrer.

J'ai très mal à la hanche, là où le sanglier m'a percutée.

Me remettre à la verticale attise la souffrance.

Je pleurerais bien mais il n'y a personne pour me consoler, me câliner, me cajoler.

Perte de temps.

Et puis, il ne s'agit là que d'un cauchemar, après tout.

Un cauchemar moins décousu que d'habitude, cependant, il y règne une certaine logique d'ordinaire absente dans les rêves. Quand je me redresse, le paysage reste le même ; et puis, il y a les odeurs, des odeurs de forêt, d'humus, de terre retournée, de genêts, la trille péremptoire d'un merle, le souffle du vent dans les branches...

Soudain, les poils se hérissent sur ma nuque.

Pour la seconde fois de la journée !

La désagréable sensation d'être observée.

C'est fréquent en forêt ou dans tout autre lieu qu'on ne connaît pas, mais là, l'impression persiste !

Pourtant, j'ai beau balayer du regard tout mon environnement, je ne vois rien.

Normal...

L'observateur était juché sur une grosse branche, trois mètres au-dessus de moi, dans l'arbre sous lequel j'ai pris refuge !

Je pousse un cri quand il se laisse tomber à terre.

Chapitre douze : où l'héroïne peut parfaire ses leçons d'histoire sur le terrain

La maison est constituée d'une seule pièce qu'éclaire un grand feu qui crépite.

Les murs sont de bauge, comme beaucoup de maisons dans le Thymerais, un mélange de terre, de paille et de bois, desquels transparaissent par endroit des silex de belle taille, des planches de châtaignier. Malgré le feu, j'ai froid.

La pièce est éclairée d'une unique fenêtre.

Très large, elle occupe presque un pan entier du mur.

Elle est recouverte d'une sorte de grillage d'osier à travers lequel j'entends les bruits du dehors.

Je suis allongée sur une paillasse.

Une drôle d'odeur flotte dans l'air.

Je me redresse. Pousse un gémissement.

Ma hanche me fait souffrir. J'en ai les larmes aux yeux.

C'est alors que je m'aperçois que je ne porte plus mes vêtements. Je suis enveloppée d'une sorte de chemise de grosse toile toute rouge.

Qui me gratte au cou.

- Ne bouge pas. Je m'en vais panser tes plaies. Tu as eu beaucoup de chance.

Des ombres jouent sur le visage de la vieille femme. Je ne l'ai jamais vue dans le village. Elle a le regard sombre mais un sourire bienveillant.

- Beaucoup de chance ! répète-t-elle. Non, ne te relève pas trop vite !

La tête me tourne. Je réclame maman.

La vieille femme est penchée sur un bassin de cuivre.

- Ta mère ? Je ne sais pas où elle se trouve mon petit ! Et je ne sais pas non plus d'où tu sors ! Je ne t'ai jamais vue dans la région.

- Mais...

- Chut ! repose-toi. Je prépare l'Onguent Noir destiné à te guérir.

Je m'appuie sur un coude pour mieux observer, persuadée que je suis encore en train de rêver.

La vieille femme est occupée à touiller des bandes de tissu dans sa bassine.

- Je dois prendre garde à ce que le feu ne gagne l'huile d'olive sinon la charpie brûlerait et il me faudrait tout recommencer ! m'explique-t-elle.

De temps en temps, elle retire son chaudron du feu, y ajoute divers ingrédients, détaillant l'opération.

- Vois, je mets une livre de céruze, là deux quarterons de lytarge d'or. Bien… Une livre de myrrhe pulvérisée, deux onces d'aloës sans oublier la cire neuve !

Je l'observe, fascinée. Elle s'exprime dans une langue étrange, un français que je devine plus que ne comprends. Finalement, à l'aide d'une sorte de grosse cuiller, elle retire du feu un peu de mixture qu'elle laisse couler sur le plateau d'une table de bois.

- Nous devons attendre que l'onguent refroidisse. Ensuite, je le mettrai en rouleaux. Chaque soir, tu devras l'appliquer sur ta plaie jusqu'à ce qu'elle disparaisse. Tu devras ranger l'onguent dans le pot que je te donnerai, sinon il perdra toutes ses facultés de guérison.

Ça, c'est ce que je peux te traduire approximativement. Mais la céruze ou le céruze, la lytarge ou le lytarge, je ne sais absolument pas ce que c'est !

- À présent raconte-moi ! D'où viens-tu ? Et que faisais-tu, seule, dans la forêt ? Et d'où viennent ces drôles de braies que tu portais ?

Je n'ai, heureusement, pas le loisir de répondre.

Une silhouette est entrée dans la pièce.

Je reconnais le jeune garçon qui a sauté de l'arbre juste avant ma perte de conscience.

Il danse d'un pied sur l'autre, mal à l'aise.

- Tiens, je te présente Aymeric. C'est lui qui t'a trouvée ! Tu as eu de la chance de n'avoir rencontré sur ton chemin que le sanglier ! Je n'aurais certainement rien pu faire pour toi si le seigneur d'Orval avait croisé ta route !

- Le seigneur d'Orval ?

C'est le jeune garçon qui répond :

- Oui, la troupe d'hommes en armes qui chassait le sanglier. Il ne respecte rien ni personne ! Mais qui es-tu pour ne pas connaître le seigneur d'Orval ?

- Je m'appelle Ottavia.

Je prends soudainement conscience de l'absurdité de ma situation. Je me sens toute nue sous cette chemise rouge.

- Je voudrais me rhabiller...

- Attends encore un peu que l'Onguent Noir ait refroidi. Je te l'appliquerai. Ensuite, tu pourras te vêtir. Tes vêtements sont bien curieux. Tu dois être riche pour porter autant de blanc !

- Heu... Non.

Aymeric s'est saisi de mes affaires, les observe sous toutes les coutures.

- Ce sont des braies bien étranges, en vérité. Aucune garce ne se vêt ainsi !

Je m'apprête à lui dire ce que je pense de son insulte quand je me souviens qu'au moyen-âge, garce est simplement le féminin de garçon.

Au moyen-âge.

Le mot est lancé.

Je suis au moyen-âge.

Et je ne parviens toujours pas, malgré mes efforts, à me réveiller.

Sans doute parce que je ne dors pas !

Et que je me trouve REELLEMENT au moyen-âge.

Nous-y voilà, diras-tu !

Elle a encore pété les plombs !

Figure-toi que c'est ce que je me suis dit tout d'abord.

Une fois de plus, j'ai mis toute cette histoire sur le compte des médicaments, de ma blessure, de mes lectures récentes, de ma balade au fond du tertre, de mon cauchemar précédent. Je me suis dit que j'avais mixé tout ça et que j'étais en train de délirer. Mais au bout d'un moment, ça ne sert à rien de masquer la vérité. Quand on a examiné toutes les possibilités rationnelles, il convient d'affronter l'impossible.

Je suis sûre qu'en glissant à mon doigt l'anneau du sorcier Clément (je suis persuadée à présent qu'il fut réellement un sorcier) je me suis retrouvée plongée au moyen-âge.

L'idée de me retrouver si loin de papa et maman, si loin de chez moi, me tire les larmes des yeux. Comment faire pour rentrer à présent ? Papa et maman ne vont pas manquer de s'inquiéter de ma disparition. Je voudrais pouvoir leur dire que je vais bien, enfin, aussi bien que peut aller une ado de onze ans projetée dans le passé, sept cents ans en arrière...

- Peux-tu sortir garnement ?

La question, posée sur un ton amusé, me tire de mes pensées.

La vieille femme s'approche de moi tandis qu'Aymeric quitte la pièce. Elle me caresse la joue, tentant d'essuyer mes larmes.

- Là, mon petit, tu as besoin de repos. Je vais t'appliquer l'Onguent Noir et ensuite tu pourras te reposer ici, si tu veux. Je te laisse ma couche pour la nuit.

Mais je n'en veux pas de sa couche, et je ne veux surtout pas rester ici ! Je bondis sur mes pieds.

- Je dois partir ! Je dois rejoindre mes parents !

- Mais bien sûr mon enfant. Où sont-ils ?

Cette question ! Si je le savais ! Pas loin d'ici certainement. Mais ce sont des siècles qui nous séparent, pas des kilomètres ! Ah, si monsieur Corentin n'était jamais venu à la maison avec ses fichus vitraux ! Si...

- Mets le toi-même si tu préfères.

La vielle dame me tend sa mixture. Une forte odeur d'huile d'olive s'en échappe. Je grimace.

- Prends ! C'est efficace !

Je m'en saisi, me retourne vers le mur, gênée, et m'applique son baume sur la hanche. Très vite, une chaleur intense paraît se dégager de mes meurtrissures. C'est comme si la douleur paraissait vouloir quitter mon corps. Une sensation étrange.

- Tu vois ? Je suis sûre que ça va beaucoup mieux.
Je ne peux qu'acquiescer.
- À présent, je vais te présenter à Clément.

Chapitre treize : dans lequel l'héroïne découvre son portrait peint en 1347

C'est comme si je venais de me prendre les chutes du Niagara sur la tête !

- Je vais te présenter à Clément !

Le Clément qui gît, dans une autre vie, une autre époque, sous le tertre du Bois des Maures !

Le Clément accusé de sorcellerie, de commerce avec le Démon, qui a fini noyé au cours du Jugement de Dieu. Le Clément à qui appartenait l'anneau que j'ai glissé à mon doigt.

L'anneau, d'ailleurs, où est-il ?

J'ai beau déplier mes doigts sous mon nez, il a disparu. Angoissée, je me précipite sur mes vêtements, en retourne poches et ourlets. Rien à faire ! Pas la moindre trace ! Je l'ai sans doute perdu au cours de ma rencontre un peu vive avec le sanglier.

Je suis prise d'un grand tremblement.

En y songeant, je suis persuadée que c'est grâce à cet anneau que j'ai pu remonter le temps. Si j'ai pu le faire dans ce sens, je dois pouvoir retrouver mon époque grâce à lui. Je dois le retrouver ! Et pour cela j'ai besoin d'Aymeric.

J'expliquerais bien tout cela à mon hôtesse, mais je suis persuadée que la pauvre femme va crier à la possession diabolique ! Je n'ai pas envie de me retrouver devant le tribunal pour y être jugée comme sorcière.

- Aymeric va te conduire à Clément. C'est son maître.

- Son maître ?

- Bien sûr ! Clément est gentilhomme verrier. Aymeric l'aide dans ses travaux. Il est très doué également. Mais les vitraux de maître Clément sont les plus beaux qu'il m'ait été donné de voir. Pas même à Notre-Dame de Chartres ne se retrouve leur éclat !

Clément est occupé à peindre une pièce de verre quand nous poussons la porte de l'atelier. Un four en forme de carapace de tortue dégage une importante chaleur ; à travers son œil ouvert luit une pupille orange.

Pour l'heure, je ne vois que le profil du gentilhomme verrier et sa main qui, sans un tremblement, trace une arabesque à la grisaille. Je retiens mon souffle, captivée par ce spectacle. Que sont devenus, à sept siècles de là, tous ces vitraux peints avec passion ? N'en reste-t-il que ces deux pauvres cartons humides dénichés dans une cave oubliée ? Quelle tristesse.

L'idée que je contemple en silence celui qui sera jugé puis condamné pour sorcellerie me cause un profond malaise. J'observe un homme dont j'ai découvert les os quelques heures plus tôt…ou quelques centaines d'années plus tard !

Quand il a terminé, il essuie son pinceau et se tourne vers nous.

Me découvrant, il pâlit.

- Le temps est donc venu ! dit-il à mi-voix. J'ignorais que la fin fut si proche. Et il me reste tant à œuvrer...

Il me sourit ; un sourire hésitant mais dans lequel perce une certaine chaleur. D'emblée, je le trouve rassurant. Peut-être parce que sous cet angle, sous cette lumière, son visage me rappelle quelqu'un.

Mais qui ? Banale impression de déjà-vu, sans doute. J'oublie. En tout cas, rien à voir avec le sorcier décrit dans les minutes du procès. Il est plutôt de haute taille, finement charpenté. Sa voix est douce, un peu rauque. L'œil clair contrairement à Aymeric. Je trouve une certaine ressemblance entre l'élève et son maître. Simple mimétisme ou...

- Entrez mes enfants ! La mère Haubert m'a dit quelle mésaventure vous était arrivée.

Nous pénétrons plus avant dans la pièce. Le soleil se déverse par torrents à travers les larges baies de verre.

- Voici Ottavia ! annonce Aymeric, de façon un peu solennelle.

Clément s'incline légèrement.

- Bienvenue en ce lieu, Ottavia ! Clément m'accueille d'un large sourire. Comment te sens-tu à présent ? Dame Haubert fait des miracles dont on ne sait s'ils appartiennent à Dieu ou au Diable !

Ces quelques mots me font blêmir. Ils me rappellent trop les accusations dont on accablera Clément dans quelque temps : son art est-il dû à Dieu ou au Diable ?

Je parviens toutefois à me reprendre.

- C'est comme si la douleur s'était envolée.

- Et ton bras ?

- Mon bras ?

Clément me fouille d'un regard perçant.

C'est drôle ! Son visage me dit vraiment quelque chose.

Ses yeux, la forme de son menton, son expression.

Une forte impression de déjà-vu. Mais fugitive. À chaque fois que je tente de me concentrer pour happer quelque souvenir, celui-ci disparaît.

- La vilaine cicatrice qui te navre le bras. Celle qui ressemble fort à une croix.

Sa voix chaude me tire de mes pensées.

Dame Haubert a dû lui toucher deux mots de ma blessure. Je remarque alors l'anneau qui ceint l'annulaire d'Aymeric. Celui-là même, en bien plus brillant, que celui que je portais tout à l'heure.

Clément perçoit mon trouble.

- Aymeric ? Peux-tu nous laisser seuls un instant je te prie ?

- Bien sûr !

- Approche mon enfant. Est-ce donc cet anneau que porte Aymeric qui t'incommode tant ?

Je ne peux que hocher la tête.

- Viens ! Je voudrais te montrer quelque chose...

Il me guide vers le fond de son atelier, vers un ensemble recouvert d'un drap de lin.

Qu'il ôte délicatement.

Et je me retrouve face à moi-même !

C'est mon visage que je contemple, sur un vitrail médiéval.

Plus que mon visage : c'est moi, comme en atteste la cicatrice en forme de croix qui barre mon bras.

C'est bien ma mèche blonde sur mon front.

Ma coiffure qui n'a rien à voir avec les coiffures médiévales, tu peux me croire ! Celle d'un diablotin peut-être, et encore !

Bon, je plaisante aujourd'hui, alors que tout est fini, mais sur le coup je n'en menais pas large. C'est ce jour-là que j'ai compris ce que signifie réellement l'expression « recevoir le ciel sur la tête ».

J'ai dû m'appuyer sur le bras de Clément pour ne pas tomber sur le sol de terre battue.

- Ne me demande pas comment telle chose est possible, je ne saurais te répondre. Je sais seulement que cela est, qu'il s'agit certainement d'une volonté divine et non diabolique.

- Comment pouvez-vous en être si sûr ?

Autant que je te le dise, je ne crois pas au Diable, ce truc velu en sabots qui crache le feu les soirs de sabbat, pure invention du moyen-âge. Quant à son appartement, l'Enfer, je n'y crois pas plus.

Enfin, ça c'était avant. Quand j'habitais à Saint-Marc. Avant, au vingt-et-unième siècle ! Avant, sept cents ans plus tard !

Aujourd'hui, au cœur du moyen-âge, devant ce vitrail magnifique qui renvoie mon image, je m'interroge.

Après tout, jusqu'à présent, je pensais que le voyage dans le temps était aussi peu probable que l'obtention d'un vingt sur vingt en gymnastique ou en lancer de poids.

Je me demande un instant ce qu'aurait fait Peggy Sue en pareilles circonstances.

Sauf que Peggy Sue a l'avantage d'avoir son Chien Bleu auprès d'elle. Moi je me retrouve seule, plongée dans un monde hostile. Incapable de rassembler mes idées.

- Ne me demande pas pourquoi j'ai peint cette fenêtre, reprend Clément. Je m'y suis attaché un matin comme si ma vie en dépendait. Mon pinceau courait sur le verre, comme s'il était doué d'une vie propre. Je ne parvenais pas à le maîtriser. C'est devenu ma plus belle œuvre.

Ce disant, il s'empare de la fenêtre en ogive et la présente au soleil.

La lumière joue avec le verre peint, irisant les murs de l'atelier de teintes chatoyantes, chaudes ; les rouges et les ors, les pourpres et les bleus dansent sous mes yeux une sarabande magique. Ce personnage habillé de blanc, cet autre moi-même en deux dimensions, agenouillée, les bras tendus, comme prête à embrasser le monde. C'est bien moi ! Sans aucun doute !

Chapitre quatorze : où il est fait quelques révélations relatives au chantier de l'église...

- Veux-tu venir avec moi sur le chantier de l'église ? Peut-être y trouverons-nous les réponses aux questions que nous nous posons tous les deux ?

Clément me scrute, inquiet peut-être à l'idée que je refuse sa proposition.

Mais la proposition est séduisante. D'autant plus que j'aimerais jeter un coup d'œil au tertre proche.

- Auparavant, tu vas te vêtir autrement. Ton accoutrement pourrait déplaire à certains.

Troquer mon jean contre les guêtres râpeuses et mal taillées qu'on m'offre en magasin ne me plaît pas plus que ça ! Mais Clément a raison. J'ai dû déjà un peu trop attirer l'attention depuis mon arrivée. Fort heureusement, c'est temps de moissons et la plupart des habitants du village se trouve aux champs comme me l'a expliqué Aymeric un peu plus tôt.

Je me retrouve fagotée comme l'as de pique. Mes chausses me font mal aux orteils, ma culotte de peau me gratte les cuisses, ma chemise ample est la seule chose un peu confortable. Clément m'examine, l'air amusé.

- Tu ferais un bon apprenti...

- Je suis un bon apprenti !

Je me dirige vers son plan de travail, en quête de ce qui s'apparente le plus à un coupe-verre. Mais rien de ressemblant à un coupe-verre ! C'est alors que je me souviens qu'au moyen-âge, les maîtres verriers coupaient « à chaud », c'est-à-dire avec des sortes de fer chauffés. Ils faisaient glisser leur fer sur le verre puis crachaient dessus, créant un choc thermique qui provoquait une cassure nette.

Rien à voir avec les coupe-verre de maman, avec leur pointe en tungstène ou leur diamant et leur réservoir de white-spirit !

J'en suis toute dépitée, moi qui aurais voulu impressionner Clément par mon savoir-faire !

Clément s'approche, intrigué. Je fouille l'atelier du regard.

Après tout, Clément était occupé à peindre à l'instant. Je me saisis d'un pinceau fin ; bien différent des pinceaux actuels ; son manche est doux, patiné par l'usage. J'en trempe les poils sur une palette de grisaille, le fait rouler comme me l'a enseigné maman. Puis je l'applique sur un verre de couleur et d'un geste moins assuré que je le voudrais, entame un portrait.

L'opération est plus difficile que prévu.

Les gestes sont peut-être restés les mêmes malgré les siècles, mais l'outillage s'est tout de même perfectionné ! Je peine, mais parviens à esquisser un visage.

Au fil de l'opération, mon geste se fait plus assuré.

Les contours ne sont pas d'une précision redoutable, mais pour un premier essai façon médiévale, je suis plutôt fière de moi.

Clément paraît impressionné.

- Où as-tu appris ces gestes ?

- C'est maman... Elle est vitrailliste !

- Que dis-tu ?

- Oui, ma maman, elle est vitrailliste, enfin, maître verrier comme vous.

- Ta mère ? Qui donc a pu l'autoriser à pratiquer telle industrie réservée aux hommes ?

Un instant, j'ai oublié que je n'étais pas une enfant de ce siècle.

Au moyen-âge, seuls les hommes ont la possibilité d'être des bâtisseurs, des compagnons, des gentilshommes verriers. Normal que Clément me regarde avec des yeux ronds. Et une certaine lueur d'envie également.

- Là d'où je viens, les femmes ont le droit de travailler le verre.

Clément est bouche bée.

- Mais d'où viens-tu donc ? Des terres d'Orient ? Tu parles pourtant notre langue. Mal, je te l'accorde, et tu ne parais pas toujours comprendre, mais...

- Je viens de loin, de plus loin que vous ne pouvez l'imaginer, mais cependant je parle comme vous.

- Heureux le pays où les femmes peuvent s'adonner au métier du verre, murmure Clément.

- Allons-nous voir cette église ?

Clément paraît émerger de ses pensées.

- Allons...

Nous cheminons en silence.

Le village est désert ou presque.

Deux ou trois chiens faméliques nous accompagnent un instant, quémandant quelque nourriture. En vain. Dépités, ils repartent en quête d'âmes plus sensibles que les nôtres.

Clément et moi laissons à notre gauche un pré habité par des dizaines de moutons puis pénétrons dans la forêt. Cette dernière est bien plus touffue, bien plus épaisse, bien plus sombre que celle que j'ai laissée, sept cents ans en arrière.

- Pourquoi le chantier se dresse-t-il au cœur de la forêt ? D'ordinaire les églises sont bâties dans les villages !

- Erreur, ma jeune amie. C'est autour des églises que se construisent les villages. Et les forêts fournissent le bois nécessaire aux constructions. Et c'est dans les forêts sablonneuses, riches en fougères que s'érigent les verreries qui trouvent en ces lieux les matériaux nécessaires à la fabrication du verre ! Clément s'interrompt, paraît réfléchir.

- Messire d'Orval est un fervent serviteur de Dieu. Un peu trop parfois. Bien que ses actes ne suivent pas toujours les préceptes de Notre Seigneur. Il a choisi cet endroit parce qu'il s'agit d'un ancien lieu de culte païen. Autrefois, on y adorait Lilith, une déesse en l'honneur de qui un tertre fut dressé. Bien avant l'établissement du Christianisme. Bien avant. C'est en son sein que les hommes rendaient hommage à la déesse, sous la terre. Peu à peu, la vraie religion a fini par s'imposer. Mais il lui a fallu des siècles. Et il y a peu, encore, certains habitants des environs venaient rendre grâce à Lilith. Ils ont été dénoncés et messire d'Orval a eu tôt fait de les passer par le fil de l'épée ! Même les enfants.

- Quoi ? Mais c'est horrible !

- C'est horrible en effet. Mais cela est. La sainte Eglise condamne les pratiques païennes depuis près de mille ans, reprend Clément. Elle accepte de tels sacrifices. Mais ceux-ci ont été perpétrés avec une telle sauvagerie que l'évêque s'en est ému. Il est, avec grand train, venu bénir les lieux au nom du Christ et a demandé à messire d'Orval d'y bâtir une église consacrée à Notre-Dame. Il s'agissait pour lui de faire repentance et je dois dire que messire d'Orval s'acquitte fort bien de sa tâche. Tu le verras par toi-même. Il a fait appel aux plus grands des compagnons.

- Mais pourquoi le tertre n'a-t-il pas été détruit ?

- On dit que, alors que l'évêque y tenait retraite, la Vierge lui apparut. Elle lui affirma que c'est du ventre de cette terre que devait renaître la vraie foi.

- Est-ce vrai ?

- On le dit...

- Avez-vous déjà pénétré dans le tertre ?

- Bien sûr. À plusieurs reprises. C'est là que j'ai trouvé, sur une antique dalle, un dessin semblable à l'anneau qu'Aymeric porte au doigt et qui ressemble tant à ton étrange blessure.

- Croyez-vous qu'il s'agisse d'un anneau magique ?

Clément me renvoie un sourire tout en retenant la rame d'un roncier pour m'éviter une griffure.

- Qu'est-ce que la magie ? Tu sais, il est des mots qu'il convient d'éviter de prononcer. Des mots qui peuvent te conduire à la mort, comprends-tu ?

Je frissonne. Preuve que j'ai bien compris.

- Dans ce cas, comment expliquez-vous mon portrait sur votre vitrail, ma blessure pareille à cet anneau ?

Clément pousse un profond soupir.

- Je te l'ai déjà dit : je ne me l'explique pas.

Je repense à la phrase fétiche de papa, celle qu'il sort en toute occasion quand il doit faire face à l'inexpliqué.

« Il est plus de choses dans l'univers que ne peut expliquer notre philosophie. »

C'est du Shakespeare. Je soupire à mon tour en pensant que je cite un auteur qui n'est pas encore né !

Soudain, l'église se dresse devant nous, surgissant au-delà d'une barrière végétale, ses flèches plus hautes que les arbres les plus hauts. Une véritable cathédrale ! En un peu plus petit. Mais quand même ! Il est impossible qu'un tel monument ait disparu, qu'il n'en reste aucune trace dans le bois des Maures. Encore une pièce à verser au dossier de l'inexpliqué !

Fascinée, j'observe les gargouilles au groin hérissé qui encadrent le portail. Cette église en construction est magnifique mais elle procure un certain malaise que je ne parviens pas à définir.

Tout un peuple grouille à ses pieds, sur les échafaudages qui la ceignent comme autant de remparts de bois et de fer, sur les flèches qui tentent de percer les nuages. Des gamins, plus jeunes que moi, vont de l'un à l'autre, distribuant de l'eau dans de larges seaux de bois cerclés de fer. Des hommes taillent la pierre, d'autres se livrent à d'ésotériques allers-retours, des sacs sur le dos ou l'épaule. Des femmes aux jupes relevées au-dessus des genoux piétinent je ne sais quoi dans de larges bassines. L'air est rempli d'odeurs, de cris, d'interpellations, de chants aussi.

- Je ne sais qui tu es exactement, ni pourquoi tu es là, commence Clément. Mais ton visage m'est bien connu. J'ai fait un rêve, le soir où ces pauvres gens ont été occis par messire d'Orval...

- De qui parlez-vous ?

- De ces malheureux dont je t'ai parlé. Qui n'avaient pas les mêmes croyances que moi, qui n'avaient pas les mêmes croyances que messire d'Orval. Et qui ont été massacrées dans ce tertre, là, que tu vois, ce tertre auquel l'église est adossée. Sous ce tertre, il est un sarcophage qui, durant des siècles, a contenu la statue de pierre de la déesse noire, oubliée de tous sauf de quelques-uns qui l'adoraient comme nous adorons Dieu. Lilith la Noire, celle dont je te parlais tout à l'heure. Au-dessous de ce sarcophage, il est un clou de cuivre, à peine visible, dépassant de la pierre. En l'effleurant, il est possible d'ouvrir la porte menant à une pièce secrète. C'est là que je chargerais

Aymeric de dissimuler mes œuvres si un jour, comme je le crains, il m'arrive malheur. Je ne sais pourquoi, mais il était important que je te le dise !

Maître Clément se tourne vers moi, me fixant avec une intensité qui m'oblige à baisser les yeux.

Et puis une odeur...

Une odeur qui réveille en moi un souvenir.

De plus en plus forte, de plus en plus présente.

Une odeur de fleurs séchées, fanées. Douce, suave, pas désagréable mais…

Et le monde se met à tournoyer.

L'église devient floue. Un instant, j'ai l'impression fugitive de contempler la cathédrale de Rouen peinte par Monnet ! Elle disparaît dans une lumière bleutée. Je n'ai que le temps de voir le dos de Clément, Clément qui continue de me parler, Clément qui s'est de nouveau tourné vers le chantier, vers ce tertre où un jour prochain, il remplacera la statue de pierre dans son sarcophage...

Chapitre quinze : riche de questions embarrassantes et de réponses embarrassées

- Ça pue ! Mais qu'est-ce que tu as fabriqué ? Et qu'est-ce que c'est que cet accoutrement ?

Papa est penché sur moi, la narine en retrait, frémissante.

Je me sens toute poisseuse.

D'un coup tout me revient !

Sur la table basse, seule une légère odeur et un minuscule tas de cendres rappellent que j'avais allumé, tout à l'heure, un bâtonnet d'encens.

- Hein ?

Je regarde papa avec des yeux ronds.

Sur l'écran du téléviseur, Harry Potter s'offre une balade à dos de Griffon.

- Je...

- Tu ?

- Heu...

- Oui ?

- J'ai voulu couper du bois, voilà !

Je pourrais presque voir se matérialiser les points de suspension au-dessus du crâne de papa, comme dans les bandes dessinées.

- ...

- J'ai voulu faire du feu, voilà !

- Tu as voulu faire du feu, en plein mois de juin, par 35 degrés à l'ombre ?

C'est alors que la porte d'entrée s'ouvre gaiement !

- Salut mes chéris tout va bien ?

Maman s'arrête tout net sur le seuil du salon.

Elle ouvre de grands yeux ronds elle aussi.

- Mais qu'est-ce que c'est que cette odeur ? Et ces vêtements ? Je ne les ai jamais vus ?

C'est ce que je pourrais qualifier de phrase affirmative-interrogative !

Il va m'être difficile d'éluder la présence de l'odeur forte que dégage ma hanche ; difficile de justifier mon habillement très tendance médiéval-revival !

Je prends l'air le plus penaud possible, celui avec la lèvre tombante et l'œil humide.

- Comme je l'expliquais à papa, j'ai voulu aller chercher du bois pour faire du feu. J'avais froid, sans doute ma blessure, je tente, pour couper court à toute nouvelle protestation. Et là, des rondins ont glissé et me sont tombés sur la hanche.

- Quoi ?

Un double cri.

Celui de maman, tout d'abord, empreint d'une terreur maternelle rétrospective ; elle songe à cet instant qu'elle a failli perdre sa huitième merveille, ensevelie sous des tonnes de bois.

Celui de papa, ensuite, nettement moins condescendant, plutôt colérique à dire vrai !

Maman se tourne vers papa, le rouge aux joues.

- Je te l'ai dit mille fois qu'il allait arriver un accident avec ta façon de ranger le bois !

Papa rosit également sous l'attaque.

- Mais, il est très bien rangé mon bois ! Et puis j'ai déjà dit à Ottavia de ne pas s'en approcher !

- N'empêche qu'elle avait froid et...

- Froid en pleine canicule, allons donc ? Et cette odeur, qu'est-ce que c'est ?

Maman se tourne de nouveau vers moi.

- Au fait oui, d'où vient cette odeur ?

- J'ai voulu mettre de la pommade, mais comme il n'en restait plus, j'ai suivi une vieille recette.

- Quoi ?

Double cri, une fois de plus.

- Montre ça ?

Je relève ma chemise.

Soutire une double grimace à mes géniteurs.

- Beurk ! Tu vas me passer sous la douche vite fait et on va te mettre autre chose ! On t'a déjà dit de ne pas faire n'importe quoi avec la trousse à pharmacie, ça peut être dangereux !

J'acquiesce, penaude, une larme en équilibre.

- Et cet accoutrement ?

- Oh, ça ? Un vieux truc que j'ai retrouvé au fond de mon armoire. Tu sais, quand on s'était déguisé pour mon anniversaire ?

- Non, je ne sais pas !

- Je l'avais enfilé pour ne pas abîmer mes vêtements.

Papa clôt la discussion.

- Bon, allez, file te laver !

Je file donc, sans demander mon reste.

Tandis que je trempe dans mon bain, attentive aux mouvements des icebergs de mousse odoriférante qui m'entourent, je tente de résumer au mieux les dernières heures. C'est le fouillis dans ma tête ! Ma tête qui m'apparaît alors comme une chambre mal rangée, pire comme « ma » chambre mal rangée. Il traîne des bribes d'idées partout : des débuts d'interrogation sous le lit, des pensées contradictoires sur le rebord de la fenêtre ou entre les touches du clavier d'ordinateur, des peurs rétrospectives sur la moquette entre une chaussette sale et une autre non portée... Le passé se mêle au présent, le cauchemar à la réalité. Mais toujours présente, tout au fond de moi, cette autre Ottavia désireuse de percer le mystère !

Tout d'abord, il ne fait plus aucun doute que j'ai vécu une expérience que je qualifierais de « réelle », même si ma balade dans le passé s'est effectuée depuis mon canapé. Ma blessure, qui me lance malgré la douceur du bain, les braies et la chemise roulées en boule sur le tas de linge sale en témoignent. Tout comme l'anneau que je porte toujours au doigt et que, fort heureusement, ni papa ni maman n'ont vu.

Plus j'y songe, plus il m'apparaît probable que ma dernière balade dans le temps est à la fois liée à l'anneau de Clément et au bâtonnet d'encens. Cela paraît fou…

Je t'entends rigoler en douce. J'aurais certainement la même réaction à ta place. Mais il semble que mon retour vers le moyen-âge a débuté quand j'ai allumé le bâtonnet d'encens pour se terminer quand celui-ci s'est éteint. Reste que ma balade médiévale a duré plusieurs heures tandis que l'encens s'est consumé bien plus rapidement à notre époque. Alors ? Alors rien...Sur la stéréo, Lorie hurle qu'elle est restée la même. J'irais bien rendre une petite visite à Jeanne.

Que je te dise, Jeanne est une vieille dame (enfin, peut-être pas si vieille finalement, mais assez tout de même, quarante, quarante-cinq, cinquante ans peut-être) qui tire les cartes et tient le bistrot, car il y a un bistrot à Saint-Marc, celui de monsieur Corentin, je crois que je te l'ai dit tout à l'heure. Enfin, Jeanne a pour occupation principale d'aider les propriétaires du bistrot à tenir leur établissement. Elle tire les tarots de temps en temps. Elle est passionnée de paranormal, un peu comme papa, sauf qu'elle, elle fait un peu peur. Elle n'a rien d'une sorcière pourtant, elle est même plutôt jolie avec ses yeux verts et ses cheveux bruns qu'elle porte très longs. Elle a un grain de beauté au-dessus de la paupière. Et une lueur inquiétante lui traverse parfois le regard. C'est en tout cas ce que dit parfois papa après une discussion avec Jeanne sur un de leur sujet de prédilection. Moi, je trouve qu'elle a surtout une lueur de tristesse dans les yeux, même quand elle sourit, ce qui est rare, même quand elle rit, ce qui l'est encore plus.

On dit que Jeanne a toujours habité le village, dans la petite maison près de l'église, la maison aux volets jaunes. Une maison coincée entre l'église et le bistrot comme elle dit. Sans humour. C'est une simple constatation. Elle a été mariée, autrefois. Mais son mari est mort. Ils étaient tout jeunes alors. C'est à la suite de cette disparition que Jeanne s'est passionnée pour la voyance et ce genre de choses. Son mari est mort des suites d'une longue maladie. C'est ce qu'on dit dans ce cas, comme si le simple fait de nommer les maladies, un cancer, une crise cardiaque, la grippe ou le SIDA pouvait vous les faire attraper.

Je décide de passer la voir. Mais pour cela, il me faudra attendre demain soir, après l'école.

Car demain, je n'y couperai pas : il me faudra bien retourner en classe.

Chapitre seize : de l'importance des parfums en magie

Cette journée d'école est un vrai supplice.

Durant les premières minutes, je suis l'héroïne du jour, la Très-Grande-Blessée, Celle-Qui-A-Echappé-A-La-Mort, chacun y va de son petit mot gentil sauf Théo qui joue les indifférents, sans doute agacé de l'attention que l'on me porte ! Et puis, au travail ! Divisions à deux chiffres, autodictée, cours d'anglais se succèdent.

Mes pensées sont ailleurs, tu t'en doutes, mais je tente de faire bonne figure et de répondre intelligemment et correctement aux questions.

Tout au long de la journée, je dois me faire violence pour ne pas raconter mon aventure à Marie-Ange ou Micaella, mes meilleures copines. Pendant la cantine, surtout, entre le rôti et les petits suisses.

Un vrai supplice ! Jusqu'à l'heure de la sortie.

La sonnerie aigrelette s'accompagne comme toujours d'un brouhaha joyeux.

Dans le tumulte des trousses que l'on referme, des cartables que l'on juche sur les bureaux, des règles qui claquent, des au-revoir aussi, madame Buil doit hausser le ton pour rappeler que demain samedi, il n'y aura pas d'école pour cause de stage à l'IUFM.

D'après ce que j'ai compris, l'IUFM c'est l'école des maîtres et des maîtresses et madame Buil y retourne un samedi par mois pour y apprendre comment nous apprendre des choses.

La nouvelle m'emplit de joie.

Je vais avoir tout le week-end pour plancher sur l'époque médiévale.

Si madame Buil savait...

Il est 17 heures. Après avoir enfourné un goûter rapide constitué d'une demi-douzaine de gâteaux secs, un yaourt, un verre de lait, la moitié de la tablette de chocolat blanc aux noisettes, bref une collation équilibrée comme dirait maman, je saute sur mon vélo, direction Le Nemrod, le bistrot où opère Jeanne.

À cette heure, il n'y a pas encore foule au Nemrod.

Deux ados occupent le billard, un verre de soda posé sur le rebord du tapis vert un peu fané.

De discrètes enceintes diffusent de la musique classique en sourdine. Comme dit Jeanne, « C'est pas parce qu'on picole dans un bistrot qu'on doit se soûler avec de la mauvaise musique ! »

Jeanne est assise à une table, près d'une fenêtre, plongée dans un bouquin.

- Bonsoir, Jeanne !

La lectrice lève les yeux vers moi, non sans glisser un doigt entre deux pages.

- Tiens, Ottavia. Comment vas-tu ? Et ton bras ?

Elle se penche pour m'embrasser.

- Je vais bien, merci. Il me lance un peu, par moment, mais ça va !

- Tant mieux !

Un silence, léger, que seul vient troubler le claquement d'une queue contre une boule de billard.

- Jeanne j'aurais besoin de vos lumières. Sur les parfums.

- Sur les parfums ?

- Oui. Enfin, les parfums qu'on utilise en magie, vous savez…

Nouveau silence.

Jeanne pose son livre sur la table.

Et répète :

- Les parfums qu'on utilise en magie. Les encens, et tout ça ?

Elle hoche la tête d'un air entendu.

- Et que veux-tu savoir ?

Je décide de me lancer. Après tout, si je ne me livre pas un peu, je n'obtiendrais rien.

- Est-ce qu'il est possible que les parfums aient des pouvoirs magiques. Des bâtons d'encens par exemple.

Une exclamation du côté du billard. Un commentaire ironique.

Jeanne jette un coup d'œil vers les deux joueurs puis se lève.

- Viens, allons à côté, nous serons plus tranquilles pour bavarder.

- Jérémy, je te laisse la boutique ! Tu fais le service si quelqu'un vient, d'accord !

Jérémy est d'accord.

Nous poussons la porte du café. Longeons le trottoir jusqu'à la maison de Jeanne.

Le salon est sombre, les fenêtres barrées d'épais rideaux bruns.

Les murs sont chargés de livres.

- Sais-tu que les mages d'Egypte pensaient que les parfums agissent sur le double astral de tous les êtres vivants.

- Le double astral ?

- Dans la philosophie occulte, beaucoup de gens pensent que l'univers est un tout formé de trois éléments, le monde physique ou matériel, le monde astral et le monde spirituel. C'est un peu compliqué, mais sache que nous serions constitués d'un corps physique, d'un corps astral et d'un corps spirituel...

- Vous parlez de l'âme ?

Jeanne soupire.

- C'est un peu plus compliqué ! Ton corps serait enveloppé d'un double invisible. L'âme, ce serait autre chose, associée au monde spirituel... mais les trois corps seraient indissociables.

Je reconnais que j'ai un peu de mal à suivre.

- Bon ! Quoi qu'il en soit, depuis les temps les plus reculés et quelles que soient les contrées, les hommes ont toujours utilisé les parfums au cours des cérémonies magiques ou des rites d'initiation. Les odeurs, les parfums, sont constitués d'éléments physiques qui émettent des vibrations, lesquelles sont portées par les courants d'air jusqu'à nos muqueuses olfactives. Ce contact agit sur notre corps physique, mais aussi sur notre subconscient, sur nos émotions, nos sentiments. Des émotions, un subconscient qui dépendraient de notre corps astral. C'est ce corps astral, invisible si tu préfères, qui pourrait voyager dans notre sommeil.

- Papa m'a déjà parlé de ça. C'est grâce à cet autre nous-même qu'on pourrait voir des choses qui se passent à des milliers de kilomètres de là et pourrait expliquer la télépathie et ce genre de phénomènes.

Jeanne acquiesce.

- Ce serait grâce à lui qu'on pourrait voir l'avenir...

Je ne laisse pas le soin à Jeanne de dérouler le fil de sa pensée.

- Ou le passé !

Elle sourit. Jeanne paraît bien plus jeune quand elle sourit.

- Ou le passé, exactement !

- Mais quel rapport avec les parfums ?

- Les parfums exciteraient directement notre corps astral, parviendraient à le guider ça et là. Selon leur composition, les parfums auraient diverses influences sur notre vie physique mais aussi notre vie, disons, plus intérieure. Bien souvent, les parfums ont été utilisés comme talismans. Certaines senteurs sont en accord avec notre personnalité, d'autres non. C'est souvent très lié à l'astrologie.

Là, je ne peux m'empêcher de grimacer. Les histoires de planètes, de décans et tout le toutim, c'est pas mon truc.

Jeanne le perçoit et sourit.

- En tout cas, les parfums sont souvent utilisés en magie. Et pas seulement ! Regarde, les encens qu'on fait brûler pendant la messe…

- Est-ce qu'un parfum aurait le pouvoir de nous transporter dans le passé ?

Jeanne réfléchit un instant.

- Pas sur le plan purement physique, je ne crois pas. Par le biais du plan astral, sans doute ? Mais pourquoi me demandes-tu ça ?

Mal à l'aise, je me tortille sur ma chaise comme si quelque main maligne venait d'y déverser trois tonnes de fourmis rouges.

- Ben, c'est à la suite d'un rêve.

Une demi-vérité vaut mieux qu'un mensonge entier. Mais Jeanne ne s'en laisse pas conter !

- Continue...

- Heu... En fait, un rêve idiot. J'ai allumé de l'encens, je me suis endormie et j'ai cauchemardé. Je voulais juste savoir si l'odeur de l'encens avait pu être la cause de ce rêve, voilà !

Jeanne hoche la tête, pensive, puis me vrille de ses yeux verts, ses yeux qui me fouillent, en quête sans doute de mon corps astral, essayant d'apercevoir une lueur de vérité.

- C'est étrange, j'ai l'impression que tu ne me dis pas tout...

Aux trois tonnes de fourmis qui s'agitent sur ma chaise s'ajoutent les tisons brûlants d'un bûcher. Je sentirais presque l'odeur de fumée.

- Tu sais, il ne faut pas rire avec ces choses-là. On peut s'en amuser, auquel cas, mieux vaut ne pas trop s'en approcher. Mais si jamais tu t'y intéresses de trop près, ne le prend plus comme un amusement mais comme une réalité qui peut être dangereuse. Et agis en fonction, tu comprends ? Je peux t'aider. Si tu me le demandes, bien sûr...

J'ai du mal à soutenir son regard. Peut-être est-il temps de parler de mon expérience à quelqu'un ? Je me relève d'un bond.

- Je dois rentrer sinon ça va chauffer à la maison ! Mais je reviendrai vous voir ce week-end. Promis !

Jeanne pousse un profond soupir.

Je suis dans l'encadrement de la porte quand sa voix me parvient.

- Ottavia ?

Je me fige, me retourne.

- Sois prudente ! Et n'oublie pas ta promesse.

Une fois dans la rue, je sens comme un grand vent glacé me parcourir la nuque.

Chapitre dix-sept : où se dévoile en partie le secret de Clément

Le repas se déroule dans une ambiance très détendue, d'autant plus détendue que j'ai promis de m'occuper de la vaisselle, après. Papa m'a taquiné, s'interrogeant à voix haute « sur la face cachée de cette proposition », maman a parlé du vitrail qu'elle tente de restaurer. Il manquerait certaines pièces, selon elle, mais il ne fait aucun doute qu'il s'agit là d'un vitrail de l'époque tardive du moyen-âge, du milieu du XIVème siècle sans doute. La fenêtre de forme ogivale évoque une sorte d'ange vêtu de blanc, les bras en croix.

Papa revient sur l'éventualité de l'existence de la fameuse église du Bois des Morts, enfin, des Maures, qui, si on voulait bien se donner la peine de creuser dans tous les sens du terme, sortirait certainement de terre un de ces jours.

- À présent que le terrain appartient à la municipalité, je demanderais bien l'autorisation d'aller y passer un coup de détecteur !

Papa avait déjà sollicité les anciens propriétaires, sans succès.

Là, il se voit déjà à quatre pattes, son piolet à la main, occupé à déterrer un nouveau trésor, un sesterce cabossé ou une cloche à mouton mérovingienne. S'il savait...

On discute un moment de ma journée d'école, et oui, je me suis avancée dans mes devoirs pour lundi, puis, un bisou à tout le monde et bonne nuit !

De retour dans ma chambre, une furieuse envie me prend d'allumer un bâton d'encens, pour voir. Mais je crains une visite intempestive de papa ou de maman, voire des deux à la fois. Je me contente d'examiner l'anneau, que j'avais caché sous mon oreiller pour ne pas susciter de nouvelles et embarrassantes questions. Et de me replonger dans ma pile de vieux documents, en quête de nouvelles révélations.

Je ne trouve rien de nouveau, pour ce soir tout au moins, sur Clément ou Aymeric. Par contre, je déniche une longue liste de matériaux commandés ici et là pour la réalisation d'un bâtiment, jamais identifié, mais il doit s'agir de l'église. J'apprends avec stupeur que si certains matériaux viennent d'Orient, certains verres sont soufflés dans des fabriques éloignées de quelques kilomètres seulement ! Du côté de Longny-au-Perche, et de Senonches aussi. Les pierres, comme pour la cathédrale de Chartres, proviennent de Berchères.

Des images plein la tête, je finis par m'endormir.

Pour me réveiller au cœur de la nuit.

Dans mon lit. Normalement.

Sous mes draps, que j'ai repoussés à mes pieds.

La nuit est chaude.

Je me lève sans bruit et sur la pointe des pieds trotte ouvrir la fenêtre.

L'air, un peu plus frais, me caresse la joue.

Les chiffres lumineux du réveil indiquent deux heures du matin. À cette heure, même les souris dorment.

J'enfile mon anneau, cours récupérer le briquet qui gît sur la cheminée, et allume un bâtonnet d'encens, l'un des plus petits, sur le rebord de la fenêtre. Je m'allonge juste en dessous, la tête confortablement calée par une demi-douzaine d'oreillers et de coussins et laisse mes pensées vagabonder.

Elles ne vagabondent pas longtemps.

- Par quelle magie avais-tu disparu ? Père te cherchait partout...

- Père ?

Aymeric me fait face.

Le soleil brille derrière lui, ce qui m'oblige à plisser les paupières. Toutefois, je sens son embarras. Il tente d'éluder. L'anneau qu'il porte au doigt paraît me narguer.

- Tu as disparu soudainement sur le chantier de l'église.

- Père ? Je répète sans même réfléchir une seconde au fait qu'il y a quelques instants, je dormais tranquillement dans ma chambre, au cœur du Saint-Marc du vingt-et-unième siècle. Au cœur de la nuit.

Aymeric hésite, me jauge. J'entends presque les rouages grincer dans son cerveau.

- Saurais-tu garder quelque secret ?

- Bien sûr...

- Maître Clément est bien plus que mon maître. Il est également et avant toute chose mon père !

Je ne peux que hocher la tête. J'avais constaté certaines ressemblances entre les traits fins et réguliers de l'un et de l'autre. Ou plutôt, dans leurs attitudes, dans cette fossette qui se creuse au coin des lèvres quand ils paraissent réfléchir.

- Et ta mère ?

- Je ne la connais pas. Elle était veuve quand père l'a connue. Ils se sont aimés. La maternité est chose impossible pour une femme seule. Père était sur un chantier à Reims quand elle m'a mis au monde. Seule, car nul alors n'avait voulu l'assister. Ce qui nous a causé grand danger à elle et à moi. À telle enseigne que, croyant me perdre, c'est elle qui m'a baptisé dans la crainte de me voir quitter ce monde en y entrant. Père a subvenu à nos besoins pendant que mère était grosse, jusqu'aux relevailles. Puis, il a décidé de subvenir à mes besoins, entièrement, alors que seule moitié lui était due. Mère a regagné le royaume de Dieu quelque temps après. Père m'a laissé un long temps en nourrice dans sa famille, puis s'en est venu me quérir. Depuis, je l'aide dans son travail. Nous sommes ici à demeure mais voyageons beaucoup, au gré des chantiers. Au jour d'huis, père travaille sur les vitraux qui orneront la nouvelle église que fait bâtir messire d'Orval.

- Ton père semble très gentil. Il a une voix très douce.

- Il est vrai. C'est le meilleur des pères. Et le plus grand gentilhomme verrier de tous les temps ! Le plus jalousé, aussi !

- Que veux-tu dire ?

- Il est un autre gentilhomme verrier, près d'ici. Durant les nombreuses absences de père, il a mené à bien divers travaux dans la région. Mais voir lui échapper ce chantier au profit de père lui a causé grand émoi et sans doute grand dommage ! Car l'église qu'a fait bâtir messire d'Orval est gigantesque. Presque une cathédrale. Peut-être la dernière cathédrale ! L'as-tu vue ?

- Oui, ton père m'y a menée. C'est prodigieux.

- Messire d'Orval espère ainsi se faire pardonner ses crimes. Mais s'il est une justice, je ne pense pas que dix cathédrales y suffiraient !

- Tu ne sembles pas l'aimer beaucoup...

Aymeric hausse la tête.

- J'avais une amie...

Chapitre dix-huit : où le lecteur apprend avec horreur la terrible fin des adorateurs de Lilith

- J'avais une amie... très chère.

La voix d'Aymeric se brise. Une larme apparaît entre ses cils qu'il a longs et fins. Je crois deviner. Lui pose une main compatissante sur le bras.

- N'en dis pas plus. Je regrette, je...

Je ne sais plus quoi dire. Je culpabilise un peu, aussi. Aymeric s'est beaucoup livré aujourd'hui. Moi, au contraire, j'ai dressé une muraille entre lui et moi, entre son monde et le mien, entre son époque et la mienne.

- Elle s'appelait Thibaude. Elle et ses parents rendaient un culte à Lilith malgré l'interdiction de l'Église. Père m'a dit que depuis Théodose, il y a près de mille ans, les cultes païens sont interdits sous peine de confiscation de tous les biens de ceux qui s'y adonnent. Quant à ces derniers, ils finissent leurs jours dans les geôles ou périssent de la main de l'homme en attendant le jugement de Dieu. Toutefois, le culte de Lilith a survécu. Il s'agit de la déesse la plus redoutée de la papauté.

- Ha, bon ?

C'est la seconde fois aujourd'hui (aujourd'hui vraiment ?) que j'entends parler de cette Lilith.

- Selon l'évêque, Lilith fut la première femme d'Adam ; elle serait la mère de toutes les sorcières et commanderait à la Peste Noire. Cette Peste qui ravage le pays aujourd'hui aussi sûrement que les Anglais.

Aymeric s'est assis en face de moi, contre un gros bloc de silex. Je reconnais l'endroit où nous sommes.

Les gamins du XXIème siècle l'appellent « les Bosses », un magnifique terrain de jeux qui servait de polissoir aux hommes préhistoriques. C'est là en effet, comme en témoignent les blessures oblongues de la pierre, qu'ils venaient polir leurs haches de pierre et la pointe de leurs lances. Pour nous, il s'agit d'un terrain de jeu formidable, noyé sous les frondaisons.

Son regard s'est perdu au-delà de mon épaule, vers les arbres, vers le chantier, vers le château peut-être aussi du seigneur d'Orval.

C'est alors que je prends conscience que je suis en pyjama. Enfin, en chemise de nuit de coton « Pretty Girl ». C'est ce qui est écrit en toutes lettres. J'en suis gênée et deviens aussi rouge que ma chemise de nuit.

Fort heureusement, Aymeric ne paraît pas s'en apercevoir.

Je me prends à espérer que mon intuition sera la bonne, que mes sauts dans le temps sont proportionnels à la longueur de mes bâtons d'encens.

C'est la théorie que j'ai élaborée avant de m'endormir et la trouve assez futée !

- Thibaude était avec ses parents ce soir là. Et d'autres avec eux. Ils se rencontraient régulièrement mais pas dans ce tertre que tu as vu, celui contre lequel s'adosse l'église de messire d'Orval. Durant des siècles, les adeptes de l'ancienne religion se sont rencontrés ici ou là, dans la forêt, pour ne pas attirer l'attention. Une fois tous les sept ans cependant, leur religion leur imposait de venir rendre grâce à leur déesse noire au cœur de ce tertre.

J'interromps Aymeric...

- Attends, je ne comprends pas. L'Église aurait dû détruire le tertre il y a longtemps !

- Ce n'était pas la peine ! Il se dit, mais est-ce vrai ? que l'évêque de Chartres, Fulbert, celui-là même qui est à l'origine de la construction de Notre-Dame, a consacré le tertre il y a bien longtemps. Il aurait remplacé la statue de pierre de Lilith la païenne par une statue de la très sainte Vierge. Une vierge Noire. Ce qui n'a pas empêché les fidèles de Lilith de revenir régulièrement prier à ses pieds. Pour eux, il ne s'agissait que d'une statue de pierre et l'âme de Lilith imprégnait toujours les lieux.

- Au nez et à la barbe de l'Église ?

- Que dis-tu ? Je ne te comprends pas.

J'oubliais que je suis au XIVème siècle. L'expression ne doit pas encore exister !

- Je veux dire... L'Église a laissé faire ?

- Elle a préféré fermer les yeux. Après tout, les adorateurs de Lilith n'étaient qu'un petit nombre. Ils ne constituaient pas une réelle menace. Que représentait un obscur tertre enseveli sous les arbres, face à la forêt de piliers et de verre des cathédrales ?

« Et puis, la Peste Noire s'est abattue sur la région. La mort n'a épargné personne, pas plus les mères que les enfants, pas plus les nobles que les manants, pas plus les gentils que les méchants. Les brasiers ont illuminé le pays, il a fait jour en pleine nuit. Les torrents de larmes n'ont pu venir à bout des bûchers.

« Après les pleurs sont venus les cris. Le peuple a voulu savoir pourquoi il subissait tant de souffrances. Certains ont évoqué l'ancienne malédiction du dernier Templier mis à mort par Philippe le Bel, roi trop avide, trop désireux de s'approprier les richesses de l'Ordre du Temple. D'autres ont accusé la Noblesse et le Clergé de s'être détournés de la volonté de Dieu, en affamant le peuple et en s'enrichissant toujours plus au détriment des petites gens. L'évêque fit l'objet de moult remontrances. Il se trouva même quelques inconscients pour jeter des pierres aux hommes de messire d'Orval ! Ils furent promptement rattrapés, jugés et passés par le fil de l'épée, ce qui accrut davantage la colère de leurs vassaux. À tel point que certains s'en allèrent quérir le roi... mais nous n'eûmes plus jamais nouvelles d'eux.

« La révolte grondait, d'autant que les loups, poussés par la faim, s'en venaient toujours plus près des maisons.

« Le Clergé a rétorqué, pour se défendre, que Dieu punissait les hommes devenus trop peu chrétiens à son goût. Il prit pour cible les différentes sectes qui avaient vu le jour ici et là, condamna la prolifération des hérétiques, sorciers, mages et païens de toutes sortes, de toutes vilenies qu'ils soient adorateurs du défunt Temple ou Albigeois.

« Les prêtres ont prêché dans les églises, au pied des calvaires, dans les cathédrales, ont exhorté le peuple à revenir à la vraie foi, l'ont incité à dénoncer et condamner les hérétiques.

« Par ici, certains se sont souvenus que dans la mémoire de leurs pères, Lilith était associée à la Peste Noire. Il n'a pas fallu longtemps pour que s'engage une croisade contre les adorateurs de Lilith, accusés de tous les maux. Comme souvent en pareil cas, les dénonciations calomnieuses se sont multipliées, les accusations sans autre fondement que la jalousie ont mené des innocents à la mort. Même père a fait l'objet d'une accusation qu'il a pu heureusement contrer.

À ces mots, je ne peux m'empêcher de me remémorer les minutes du procès lues quelques siècles plus tard !

Finalement, Clément se serait sorti de ce mauvais pas. Il n'aurait pas subi le jugement de Dieu, ou l'aurait affronté avec succès, ce qui est en soi un véritable miracle ! Une vague de soulagement me submerge, je me sens soudainement plus légère. Mais très vite, le doute réapparaît : si tel est le cas, qui gisait dans le tertre, face contre terre, les mains liées dans le dos, la bague de Clément au doigt ? Aymeric ? Je blêmis à cette idée.

- N'est-ce pas Raynard, l'autre maître verrier qui l'aurait accusé ?

Aymeric lève les yeux vers moi.

- Maître Raynard ? Non... Je ne crois pas...

- Mais ton père n'a-t-il pas été jugé et condamné au Jugement de Dieu ?

- Quelle étrange question ! Non, il a été prouvé avant même que les poursuites ne soient engagées, qu'il ne pouvait être l'auteur de ce dont on l'accusait puisqu'à cette époque, il était sur un chantier à des lieues de là !

Je me sens de nouveau emportée par la tristesse, ballottée par des sentiments contradictoires, l'envie de retourner au XXIème siècle et de ne plus jamais repenser à cette histoire délirante. J'ai hâte que mon bâton d'encens se consume entièrement, hâte de détruire les autres, de laisser le passé tel qu'il était sans moi, d'oublier à jamais Clément, Aymeric et les leurs. Seulement voilà... En pensant cela, je sais que je me mens, que j'éprouve une véritable affection pour ces gens que je ne connaissais pas voici deux jours encore et qui sont morts depuis longtemps !

C'est absurde ! Je suis en train de causer gentiment avec un garçon mort depuis des siècles, moi qui ne suis même pas encore née à l'heure où je lui parle !

- Et ton amie, Thibaude ?

Je décide de ne pas me laisser distraire par mes pensées bien trop encombrantes.

Je dois reconnaître également que je suis suspendue aux lèvres d'Aymeric. Aymeric qui pousse un soupir d'une tristesse infinie.

- Face à cette chasse aux hérétiques, les adorateurs de Lilith ont décidé de se retrouver exceptionnellement dans les profondeurs de leur tertre sacré. Je crois qu'ils avaient décidé de fuir, mais je n'en suis pas sûr.

- Qu'est-ce qui te fait penser cela ?

- Quand j'ai retrouvé ma mie cette après-midi-là, comme souvent nous en avions l'habitude, grande était sa tristesse. Elle eut beau nier, me redire son amour, me le prouver de maintes manières, elle ne répondit jamais à mes questions, se contentant de me jurer amour éternel. Au soir elle me quitta sans se retourner. Non sans m'avoir glissé cet anneau au doigt, m'affirmant qu'un jour il pourrait réparer quelque injustice. Je ne l'ai jamais revue.

Le soir même, les hommes de messire d'Orval investissaient le tertre. Il ne fut fait aucun prisonnier...

Ce sont bien des larmes qui coulent sur ma joue !

Même encore aujourd'hui, quand je revis ces instants, je ne peux m'empêcher de pleurer en songeant à Aymeric et Thibaude, aux derniers instants qu'ils vécurent ensemble, à leurs adieux qui n'en furent même pas. Et à cet anneau qui fut remis à Aymeric.

J'imagine les chevaliers d'Orval, caparaçonnés, les visages froids masqués derrière leur heaume, terrifiants, virevoltant l'épée à la main, ivres de rage, assoiffés de sang, répandant la mort au milieu des cris des femmes et des enfants.

J'imagine ces malheureux, résistant non pour préserver leur vie mais au contraire pour l'offrir en sacrifice sur l'instant afin de s'éviter d'insupportables et inévitables tortures.

Certes, Thibaude savait qu'elle quitterait son Aymeric, mais sans doute lui restait-il l'espoir de pouvoir le retrouver un jour autre part. Elle était sûrement loin d'imaginer que leur séparation serait due à la mort et non aux kilomètres.

Le plus attristant, c'est qu'il y en eut des millions, à travers les siècles, des Aymeric et des Thibaude dont nul n'a retenu le nom, broyés par la grande Histoire et la folie des hommes. Des millions de vies inconnues dont il ne reste pas même un lointain souvenir, des existences plus ou moins longues, plus ou moins heureuses, tragiques parfois, oubliées des manuels et des livres d'histoire. Il y en aura encore des millions, à travers les siècles, des Aymeric et des Thibaude dont nul ne retiendra le nom.

C'est peut-être pour Aymeric et Thibaude, finalement, que j'ai décidé d'écrire cette histoire ! Moi qui ne sais, pourtant, pas grand-chose d'eux. Tout juste ces quelques phrases prononcées par Aymeric voici des siècles.

Je m'apprête à lui prendre la main, mais mes yeux se brouillent.

Les larmes, bien sûr, mais pas seulement.

Je sens cette odeur douceâtre, comme un peu plus tôt dans la journée, me titiller les narines. Non, pas maintenant ! Je ne peux pas, je ne dois pas abandonner Aymeric à cet instant, alors qu'il a besoin de moi, je le sens...

Mais je sens aussi que je, oui, que je me dissous. Ou plutôt que ce qui m'entoure se dissout. Je perçois le regard terrifié d'Aymeric qui tente de me prendre la main lui aussi et...

- Ott...

Sa voix se perd dans les limbes...

- Aymeric !

C'est tout ce que j'ai le temps de dire.

Enfin, je crois !

Car je me demande, encore aujourd'hui, si ce n'est pas dans ma chambre que j'ai prononcé son nom...

Je suis de retour au XXIème siècle.

Et je suis l'ado (ou presque !) la plus triste du monde...

Chapitre dix-neuf : où l'héroïne décide de prendre ses responsabilités

Le petit matin me trouve endormie sous la fenêtre ouverte.

Les yeux collés par les larmes, l'esprit brouillon.

Je me sens horriblement seule.

Plus seule que jamais. Malgré la présence rassurante de papa et maman à côté, malgré celle de Marie-Ange et Micaella, que je devine quelques maisons plus loin. Bien plus seule que quand je me sens seule de n'avoir pas de petit frère ou de grande sœur.

Je viens d'ajouter à ce monde déjà très vaste, trop vaste peut-être pour mon âge, une nouvelle dimension, une dimension temporelle qui me donne le vertige.

Je tente pourtant de relativiser.

Après tout, cette histoire s'est déroulée bien avant ma naissance, elle ne m'implique pas. Je n'en ai eu connaissance que par accident. J'aurais tout aussi bien pu, j'aurais dû plutôt, n'en jamais rien connaître. Je n'appartiens pas à ces événements.

Bon, c'est samedi matin, un long week-end ensoleillé m'attend ! Pas question d'en perdre une seconde ! Une vingtaine de croissants et de pains au chocolat dans un bol de café au lait, une bonne douche bien fraîche, un coup de gonflette aux pneus du vélo et zou ! Clément, Aymeric, Thibaude, d'Orval et tous les autres sont morts depuis longtemps, je ne peux rien pour eux, je n'ai été que le témoin accidentel de quelques heures de leur vie, point ! Ils ont eu leur part d'histoire, à moi la mienne à présent ! Zut, alors !

J'engloutis mes croissants en silence. Que puis-je ajouter à l'avalanche de catastrophes et d'invectives qui se déversent du poste de radio ? Le monde a-t-il réellement changé depuis que les soldats de messire d'Orval ont massacré les hérétiques au fond du tertre ? Des choses ont changé. Mais les hommes, je ne crois pas.

Cette pensée m'attriste encore plus.

Je tente de trouver une autre station.

- Ne me quitteuuuu paaas...

C'est pas vrai ! C'est un complot !

- Je serai l'ombre de ton chien....

Et vas-y que je te roule les R...

C'en est trop ! D'un geste rageur, je débranche la prise du poste de radio.

Et me replonge dans mon bol et dans mes pensées.

Le café au lait est trop fort, amer.

Une petite phrase de rien du tout me trotte dans la tête.

Saint-Exupéry. Le petit Prince.

- Tu es responsable de ta rose...

Je ne suis responsable de rien. Pas même de moi-même, parfois, alors !

- Tu es impliquée ! Tu es impliquée depuis toujours.

Mon quatrième croissant reste suspendu au-dessus du bol.

Le café au lait s'éclaircit. Une image s'en vient flotter à sa surface. Mon image. Le visage peint par Clément sur son vitrail, ce visage qui est le mien. Clément l'avait peint avant notre rencontre. Cela implique...

- Que tu es impliquée, que tu le veuilles ou non. Tu étais présente là-bas avant même que tu n'aies ton accident.

Cette révélation me cause un choc !

Je ne peux pas, je ne peux plus faire comme si de rien n'était.

Ce ne serait pas juste.

Ça ne se fait pas !

Remplie d'une énergie nouvelle, je décide de retourner là-bas !

Papa est déjà parti ; une course à faire à Châteauneuf, puis une vente aux enchères à Chartres.

Quant à maman, elle est penchée sur son vitrail.

- Il manque des pièces. Quel dommage !

En ce qui me concerne, je suis plutôt rassurée qu'il en manque, notamment le visage.

- Tu as remarqué comme ces vêtements paraissent étonnamment modernes !

Et comment, maman ! Si tu savais qu'hier encore, ces « vêtements étonnamment modernes » se régénéraient dans le lave-linge suite à une courte mais salissante balade dans le temps.

- Comment vas-tu faire ?

- J'ai bien une petite idée, mais je dois avant toute chose vérifier qu'il ne reste pas d'autres pièces oubliées ici ou là. Je vais aller avec Louis vérifier tout ça. Et toi, que comptes-tu faire de ta journée ?

- Oh... Je vais aller me balader à vélo.

- Tu fais attention sur la route !

Chassez la mère poule, elle revient au galop !

- Ne t'inquiète pas. Je vais surtout jouer dans les bois.

Maman sourit, rassurée, m'embrasse sur le front.

- À ce midi, alors. Amuse-toi bien !

- Toi aussi !

Chapitre vingt : où l'héroïne tente de jouer à rebrousse-temps

Le soleil joue sur l'anneau que je porte à la main gauche. Dans mon panier, le petit coffret contenant les quelques bâtonnets d'encens qui me restent. Et dans un sac en plastique, ma tenue médiévale ! Pas question cette fois de me retrouver de nouveau en jeans à une époque où chacun peut être suspecté de commerce avec le Démon !

Je laisse sur ma gauche la Mare aux Revenants, qui fleure de plus en plus le marigot, dépasse la mariette dédiée à Saint-Jacques et poursuis jusqu'au tertre, que je laisse également sur ma gauche. Je m'enfonce dans le bois, là où je sais trouver cet amas de silex qu'on appelle « les Bosses. »

Là, je laisse mon vélo à l'abri des fougères et entame le rituel pour la troisième fois.

Je plante le bâton d'encens dans la terre, allume le briquet. Une fumée droite, filiforme s'en échappe et avec elle une odeur caractéristique de fleurs fanées.

Je m'installe confortablement contre le rocher tapissé de mousses...

Quand je me réveille, mon vélo a disparu. La lisière de la forêt a reculé de quelques dizaines de mètres. Sans perdre un instant, je cours vers le village dont je perçois la rumeur. Je longe un rucher ; quelques ruches coniques qui ont été recouvertes de crêpe noir. Nul bourdonnement ne s'en échappe. Étonnant.

Dans son atelier, Clément est penché sur une pièce de verre, le fer à la main. De nouveau, son profil me rappelle quelqu'un, mais...

Il coupe à la médiévale, à chaud comme disent les vitraillistes. Une technique difficile pour les maîtres verriers actuels dont la tâche est facilitée par des pointes de diamant très efficaces.

Non loin de lui, Aymeric est occupé à peindre des arabesques. Clément doit faire grande confiance à son apprenti pour lui laisser ainsi le soin de peindre sur le verre. Mais il est vrai qu'Aymeric est son fils avant d'être son apprenti ! Aymeric semble également très talentueux. Quand j'apparais, il lève les yeux un instant. Un instant seulement, avant de se concentrer de nouveau sur son travail. Un instant suffisamment long pour que je puisse lire des tonnes de reproches dans son regard.

Je décide de passer outre ; faire comme si de rien n'était... Je tente l'anodin :

- J'ai vu des ruches en passant, mais elles étaient recouvertes de sortes de draps.

Aymeric hausse les épaules. Sans un regard pour moi, il bougonne:

- Ce sont les ruches de maître Rouget. Il n'y a pas de ruche d'où tu viens ?

Clément se redresse.

- Que voilà bien mystérieuse garce qui apparaît et disparaît comme par enchantement !

Je souris à mon tour, le rouge aux joues.

Mais ne répond pas.

- Ici, nous avons coutume de penser que les abeilles font partie de la famille, reprend Clément. Aussi, quand il y a un décès dans un foyer, les membres de la famille voilent-ils de crêpe toutes les ruches, sinon, elles mourraient dans l'année. Le fils de maître Rouget est déjà passé frapper les trois coups.

- Les trois coups ?

Cette fois c'est Aymeric, l'air excédé, qui répond.

- À chaque ruche, oui, il a frappé. Et il a dit aux abeilles : « Votre maître est mort, vous changez de maître.»

Je ne sais s'il plaisante et préfère ne pas insister.

- Maître Clément, je suis venue vous prévenir. Il va vous arriver grand malheur à vous et Aymeric si vous restez ici !

Je suis stupéfaite de mon audace. Et si Clément et Aymeric paniquaient, si, comme toute personne censée de l'époque médiévale, c'est-à-dire superstitieuse, vivant dans la crainte de Dieu et du Diable, persuadée qu'on peut ainsi parler aux abeilles, il leur prenait l'envie de s'emparer de ma petite personne et de l'emmener direct au pied du sire d'Orval ?

Aymeric à son tour a posé son pinceau.

- Comment fais-tu pour apparaître et disparaître à ton gré ? Est-ce magie ou sortilège ?

- Je ne sais pas ! Mais s'il s'agit de magie, ce n'est pas mon fait. Demande à ton père, lui qui a si bien peint mon visage avant même de me connaître ?

Aymeric se tourne vers Clément.

- De quoi parle-t-elle, père ?

Clément hausse les épaules et se dirige vers le fond de l'atelier.

Il en revient avec la partie haute de sa fenêtre ogivale.

Mon portrait de verre m'observe, interrogateur.

- Que signifie ?

Aymeric ne peut en dire plus.

Il passe son doigt sur la grisaille, peut-être pour vérifier que la peinture n'est pas fraîche. En effet, jusqu'à son passage au four, la grisaille s'efface facilement. Mais là, les signes ne trompent pas. La peinture est bien prise dans le verre, cuite depuis quelques temps déjà.

- Par quel prodige ?

- Ni Ottavia ni moi ne le savons. Mais je pense que nous devrions tenter de comprendre ensemble et sans doute écouter ce qu'elle a à nous dire...

- Maître Clément, je crois que vous allez être trahi par maître Raynard.

- Que dis-tu ?

- Elle m'a déjà tenu de tels propos ! confirme Aymeric en se tournant vers son père.

- Maître Raynard est jaloux de vous. Il voulait le chantier de l'église. Il ne supporte pas de l'avoir vu lui échapper.

Clément réfléchit un instant.

- Cela, je ne puis le croire. Maître Raynard est un homme bon, et talentueux. Il n'a nul besoin de telles vilenies pour vivre de son art.

- Ne vous a-t-on pas déjà accusé de pactiser avec Lilith ?

- Certes, mais...

- Ne serait-ce pas maître Raynard ?

- Que nenni ! Enfin, je ne l'ai jamais su mais...

Tandis que je cause avec Aymeric et Clément, me vient soudainement l'idée que je suis peut-être en train de changer le cours de l'Histoire. Je me surprends à frissonner. Et si je changeais réellement le cours de l'Histoire ?

Qu'adviendrait-il dans les siècles futurs ?

Mettons que je parvienne à sauver Clément.

Jamais son corps ne reposera dans la crypte où je l'ai découvert !

Jamais je ne trouverai l'encens, pas plus que l'anneau me permettant de voyager dans le temps. Et donc je resterais prisonnière de cette époque puisque peut-être je n'aurais jamais existé au XXIème siècle ?

La tête me tourne.

Je réclame à boire.

Clément me propose un gobelet en étain.

L'eau tiède me fait du bien.

Je tente de rassembler mes idées.

Mes craintes sont stupides. Si je suis là, c'est que l'histoire est déjà écrite.

C'est que ma trouvaille était inéluctable. Donc, pour que ma découverte ait lieu, il fallait que je sois une petite fille du XXIème siècle !

Toute ragaillardie par cette idée, je termine mon gobelet.

Une chose est sûre : je finirai par retrouver mon époque !

Ce qui l'est moins, au regard de mes découvertes, c'est que je sois capable de sauver Clément du jugement de Dieu. Si mon hypothèse est la bonne, elle le condamne du même coup.

Mais qui ne tente rien...

- Je pense que vous devriez quitter la région.

Clément sourit de nouveau. Un sourire un peu las.

- Ce serait avouer quelque félonie qui n'existe pas. Et je ne pourrais plus jamais exercer mon art. Aymeric et moi serions condamnés à nous cacher, à trembler à chaque bruit. Ce que tu demandes là m'est impossible.

- Mais si vous restez, vous mourrez ! J'ai vu votre corps dans la crypte, j'ai trouvé l'anneau. C'est grâce à lui que je suis ici.

- Viens avec moi !

Il m'entraîne vers le fond de la pièce.

Une tenture masque l'entrée d'une autre pièce que je ne connaissais pas.

Tu peux me croire ! Des vitraux, j'en ai vu, depuis Notre-Dame de la Belle Verrière à Chartres à ceux de Bourges, Reims et autres cathédrales ! Des vitraux médiévaux, ceux réalisés au XIXème siècle d'après les cartons d'Ingres à la Chapelle Royale de Dreux, ceux qui éclairent l'église de la Madeleine à Châteaudun. Chez moi, les vacances se partagent souvent entre les balades silencieuses à travers les travées des églises et cathédrales et les étals hétéroclites des brocanteurs et des bouquinistes. Le vitrail, ça me connaît, donc.

Mais ce que j'ai sous les yeux dépasse en beauté ce que j'ai vu jusqu'alors.

Toutes ces lignes et ces courbes élancées de grisaille sont magistralement aériennes, les soudures presque invisibles. Le plomb court entre les pièces de verre en entrelacs qui semblent infinis. La lumière qui les traverse paraît insuffler la vie aux personnages de verre et de plomb composant ces fenêtres.

Je devine des scènes du nouveau testament, mais aussi des scènes médiévales légendaires, riches d'animaux fabuleux, encadrées par des arabesques fines et tortueuses.

Je devine également une danse macabre fantastique ; contrairement aux autres danses que j'ai eu l'occasion de voir, et qui sont d'ordinaire peintes à fresque sur les murs des églises, la Dame à la Faux, qui entraîne dans son sillage nobles et vilains, empereurs et bourgeois, rois et hommes d'Église, femmes et nourrissons, n'arbore pas ce sourire sinistre et grimaçant qu'on lui trouve ici ou là.

Le gentilhomme verrier a su donner à ce crâne aux orbites vides un air qui, loin d'être cynique, paraît empreint d'un triste fatalisme.

Comme si la mort répugnait à remplir son ignoble tâche.

Je suis abasourdie.

- Il s'agit assurément de ma plus belle œuvre.

Ceci dit à voix basse, fort modestement.

Je reste sans voix, me contentant d'observer.

Que sont devenues toutes ces fenêtres au fil des siècles ?

Ont-elles, elles aussi, été emportées par la folie destructrice des hommes ?

De cet ensemble de panneaux magistraux ne restera t-il, au XXIème siècle, que ces pauvres débris récupérés par monsieur Corentin dans une cave humide ?

Je ne peux pas le croire, et pourtant !

Un tel ensemble, s'il avait survécu, aurait été inscrit au patrimoine mondial de l'humanité! Bon d'accord, je n'ai pas les compétences nécessaires pour l'affirmer, n'empêche ! Il se dégageait de ces vitraux une telle impression de force et de sérénité, une telle émotion, que je n'arrivais pas à m'en détacher. Du coin de l'œil, je sentais le regard de Clément posé sur moi, guettant quelque réaction.

Je vais ouvrir la bouche quand un grand bruit se fait entendre dans l'atelier.

Un cliquetis de bottes ferrées résonne dans la pièce.

Nous avons à peine le temps de nous redresser. Une dizaine d'hommes en armes se matérialise derrière nous.

- Maître Clément ? Messire d'Orval nous a mandé de venir vous quérir, par la force s'il le fallait !

L'homme aboie plus qu'il ne parle.

Il arbore une barbe broussailleuse qui lui mange la moitié du visage.

Il dégage une odeur épouvantable, comme un plat de choux-fleurs à la béchamel qui serait resté trop longtemps sur le rebord d'une fenêtre en plein été.

Il a de petits yeux marron enfoncés dans les replis de son visage gras.

Il est terrifiant.

Remarque, ses compagnons ne valent pas beaucoup mieux ! A part peut-être un jeune homme d'une vingtaine d'années, qui ouvre de grands yeux en découvrant les fenêtres colorées projetant des tâches lumineuses sur le sol de terre battue.

- Que me vaut ?

Clément n'a pas le temps d'en dire plus.

L'un des hommes, vêtu entièrement de rouge, lui saisit le bras tandis que celui qui paraît être son chef aboie de plus belle.

- Je ne puis rien vous dire. J'ai ordre de vous mener au château, pas de discourir. Aussi veuillez me suivre ! Sinon…

Le « sinon » n'est pas une vaine menace. L'homme brandit soudain son épée dont il frappe l'un des panneaux en cours de montage. Le verre explose en millions d'éclats colorés.

Clément blêmit sous l'affront. Je vois son poing se serrer.

C'est alors que je remarque la finesse de ses mains, la longueur de ses doigts, les milliers de petites coupures qui sillonnent sa peau, comme de petits îlots carmin autour des méandres bleus de ses veines; des mains qui me rappellent celles de maman.

Aymeric s'est précipité entre la soldatesque et son père.

- Ne le touchez pas, bande de soudards ! Et agenouillez-vous devant son travail au lieu de l'abîmer !

Un instant, j'ai la certitude que le barbu puant va de nouveau dégainer son épée et le couper en deux. Puis il éclate de rire.

- Oyez-moi ce marmouset ! N'est-il pas effrayant ? De toute façon, certains disent ces œuvres inspirées par le Diable. Nous reviendrons certainement les brûler !

Pris à témoin, ses hommes s'esclaffent bruyamment.

- La honte sur vous qui riez d'un enfant soucieux de défendre son père !

Clément a haussé la voix tout en serrant Aymeric contre lui.

- Il suffit ! Veuillez-nous suivre, messire ! Vous êtes attendu ! reprend le barbu dans une ultime toux.

- Ne t'inquiète pas. Je serai de retour bientôt, assure Clément à l'oreille d'Aymeric.

Clément qui jette un dernier regard à ses fenêtres ogivales avant de partir, encadré par les soldats de messire d'Orval.

Aymeric se précipite au fond de l'atelier, ouvre un coffre de chêne et en tire, avec peine, une lourde épée.

- C'est celle de père. Je m'en vais couper la tête à messire d'Orval de ce pas !

Aymeric bouillonne, il a le feu aux joues.

C'est avec beaucoup de mal que je parviens à le raisonner.

- Ils t'auront arrêté bien avant que tu n'atteignes le château ! Ce n'est pas comme ça que tu aideras ton père. Il a assez de soucis comme ça sans lui ajouter ceux que tu pourrais lui causer. Réfléchissons plutôt.

- Réfléchir ? Alors que père est mené comme un vaurien vers les geôles du château ?

- Il ne lui arrivera rien. Pas tout de suite. Auparavant, nous devons protéger son travail. L'autre jour, il m'a indiqué la façon de le faire. Il pressentait quelque chose comme ça.

Aymeric m'observe avec des yeux ronds. Un instant, il paraît oublier la situation tragique de son père.

- Il t'a...

- Il m'a parlé de la crypte, de la façon d'y pénétrer. Il m'a parlé de certain mécanisme aussi, un clou de cuivre je crois, qui permet d'accéder à une salle secrète.

Aymeric hoche la tête.

- Il m'avait dit qu'un jour viendrait peut-être... Tu as raison. Nous allons charger ces fenêtres sur la carriole et dès ce soir, nous irons les dissimuler en ce lieu maudit entre tous. Peut-être l'aura maléfique de ce tertre disparaîtra-t-elle en présence de son travail ?

Je m'apprête à lui répondre quand je sens une odeur que je commence à connaître m'effleurer les narines.

- Écoute... Je vais partir mais je vais revenir très bientôt. Essaie de cacher les vitraux mais ne tente rien d'autre avant mon retour, me promets...

Mais Aymeric n'est déjà plus là...

Les murs de l'atelier ont fait place aux rangées de troncs silencieux du Bois des Maures.

Je décide d'aller tout raconter à Jeanne.

Chapitre vingt-et-un: où l'on assiste à la naissance d'une étroite collaboration

- C'est gentil de m'avoir accordé ta confiance !

Jeanne sirote son thé, confortablement installée dans son fauteuil de cuir élimé. Au-dessus de sa paupière, son grain de beauté semble m'observer comme ce troisième œil que se peignent les femmes indiennes au milieu du front. La pièce est plongée dans la pénombre.

- Ça veut dire que vous me croyez ?

Alors là, je suis sidérée. Je savais qu'en raison de ses convictions, de ses multiples croyances relatives au paranormal, Jeanne était la personne la mieux placée pour m'écouter, mais...

Jeanne pose sa tasse sur la table basse en marqueterie à motifs floraux. J'ai toujours aimé ces arabesques sans fin qui courent tout autour de ce petit meuble ovale en noyer. Elles incitent à la rêverie, évoquent les cours sinueux et multiples de fleuves menant vers de lointains pays sans cesse réinventés.

- Tu ne serais pas la première à voyager ainsi dans le temps ! m'assure-t-elle. Et je dois dire que je t'envie.

J'ouvre des yeux ronds, tentant de percevoir l'éclat de ses pupilles dans la demi-obscurité.

- Depuis les premiers temps de l'humanité, les hommes ont pratiqué la magie, avec plus ou moins de succès. À vrai dire, la maîtrise des éléments naturels, de ces forces qui effraient parfois parce qu'on ne les connaît pas, n'est pas chose facile. Bien peu sont parvenus à s'accorder avec elles. Mais...

- Il est plus de chose dans l'Univers que ne peut imaginer ma philosophie, c'est ça ?

Jeanne sourit de son rare et beau sourire.

- Exactement. Tu n'es pas la fille de ton père pour rien ! Je crois qu'en effet tu as une mission à accomplir à l'époque médiévale.

- Oui, mais laquelle ? Ce ne peut pas être celle de sauver Clément puisqu'il a été condamné à mort. Et c'est grâce à ça d'ailleurs que j'ai pu voyager jusqu'à son époque.

- Penses-tu qu'il soit réellement un sorcier ?

- Je ne sais pas. Mais les vitraux qu'il a réalisés sont magnifiques. Au-delà de toute description.

Jeanne réfléchit un instant.

- C'est peut-être cela ta mission : sauver ces vitraux, les protéger, puis peut-être les tirer de l'oubli...

- Vous croyez ?

- Tu sais, au regard des siècles, les œuvres d'art, si l'on en prend soin, survivent à leurs créateurs. Ces derniers vivent à travers elles, leur souvenir est présent en nous à chaque fois que nous les contemplons. C'est la plus belle récompense pour un artiste. Une sorte d'immortalité.

- M'ouais... N'empêche que je préfère être vivante en vrai qu'à travers un vitrail !

Jeanne sourit de nouveau, prend le temps de boire une gorgée de thé avant de me répondre.

- Tu as raison. Dans l'absolu, la vie humaine est le bien le plus précieux. Nous devons faire tout notre possible pour sauver Clément.

- Nous ?

Bien sûr ! Si tu n'y vois pas d'inconvénient !

Chapitre vingt-deux : dans lequel le lecteur fait la connaissance de la femme des bois !

Véronique, on l'appelle « la femme des Bois ».

Elle habite avec sa maman, au bout du village, dans une très vieille ferme où, dit-on, se déroula une rude bataille entre Français et Prussiens ; c'était pendant la guerre de 1870, une guerre qu'on n'apprend plus à l'école.

Elle a trouvé plein de trucs passionnants en bêchant dans son jardin.

La plus belle pièce, c'est un fusil tout rouillé, avec sa baïonnette. Et puis, il y a un casque prussien, aussi, tout cabossé mais rigolo avec sa pointe de flèche tendue vers le ciel. On trouve de nombreux souvenirs de cette guerre dans la région ; à Torçay, à quelques kilomètres d'ici, quelques milliers de soldats français ont livré un combat héroïque et désespéré face à l'armée de Prusse qui envahissait la France.

Si on appelle Véronique « la femme des bois », c'est parce qu'elle y est toujours fourrée, dans les bois ! D'ailleurs, elle les appelle « mes » bois et elle se vante de les connaître par cœur. Enfin, elle ne se vante pas. Je crois qu'effectivement, elle en connaît les moindres recoins, la plus petite fourmilière, le moindre terrier de blaireau.

Elle sait les anciens vergers où poussent les morilles, déniche chaque année les coins à cèpes et à trompettes ; les passages des chevreuils et autres cervidés n'ont plus de secret pour elle et ne la demandez pas entre la fin août et la mi-octobre : que ce soit au couchant ou au tout petit matin, elle planque derrière quelque buisson pour assister au brame du cerf. Elle a même un tuyau crénelé dans lequel elle pousse des rugissements pareils à ceux des cerfs en colère, histoire de les énerver un peu quand ils lui paraissent trop mous !

Elle est sympa, Véronique, avec sa bouille ronde et ses longs cheveux noirs qui lui tombent sur les fesses. Le grand air lui a creusé des centaines de rides sur le visage mais elle s'en fiche. Quand un indiscret lui demande pourquoi elle ne s'est jamais mariée (elle a au moins cinquante-cinq ans... au moins !), elle répond qu'aucun mari n'aurait supporté de passer toutes ses nuits ou presque dans « ses » bois.

Véronique, elle connaît bien les bois et bien plus encore. C'est une passionnée d'histoire locale qui, comme papa, est persuadée de l'existence d'une très vieille église dans les parages. Elle connaît l'emplacement de l'ancien château et s'il existe une personne à avoir quelque idée quant aux souterrains qui devaient y mener, c'est bien elle.

C'est Jeanne qui a eu l'idée de faire appel à Véronique.

Mais c'est moi qui ai eu celle de pénétrer dans le château de messire d'Orval en empruntant un des souterrains dont on dit la forêt truffée ! Il me sera certainement impossible d'en trouver l'entrée en 1347, mais peut-être en reste-t-il des vestiges actuellement ? Après tout, les maisons du coin sont creusées de caves qui, pour certaines, ne sont rien d'autres que des vestiges de souterrains menant d'églises en châteaux ! Si je parviens à repérer une entrée à notre époque, il me sera facile de la dénicher au moyen-âge. Est-ce que tu me suis ?

Seulement, même à notre époque, il y a des secrets bien gardés !

Comme l'entrée de ces fameux souterrains ! Il paraît qu'au XIXème siècle, une entrée affleurait encore derrière un buisson mais elle a été comblée quand un chien qui s'y était aventuré n'a plus jamais redonné signe de vie !

Mais s'il existe quelque part une entrée inconnue, Véronique doit la connaître !

Le téléphone sonne dans le vide. Cinq fois, dix fois.

Jeanne repose le combiné, agacée.

- Évidemment ! Et bien sûr, c'est la seule dans le coin qui n'ait pas de téléphone portable !

- Nous sommes à la fin juin. C'est bientôt la saison des amours pour les chevreuils. Une fois, elle m'y a emmenée. Si ça se trouve...

- Ou alors, elle est partie en courses à Châteauneuf avec sa mère. Elle peut être n'importe où ! m'interrompt Jeanne.

Véronique n'est pas n'importe où !

La preuve, quand j'arrive à la lisière de la forêt, du côté du Gros Chêne (c'est comme ça qu'on appelle ce coin de campagne, dans les environs) j'aperçois une forme allongée derrière un buisson d'églantiers.

C'est Véronique, veillant sur un trio de chevreuils ! Il y a là deux femelles et un daguet, un petit mâle aisément reconnaissable à ses bois dressés vers les nuages cotonneux qui ont envahi le ciel.

Je pose mon vélo, m'approche, pliée en deux, sachant qu'à la moindre alerte, les animaux prendront la fuite pour se perdre au milieu des bois.

Je m'allonge à côté de Véronique ; elle est sanglée dans un treillis vert. Elle tient ses jumelles d'une main et de l'autre prend des notes sur un cahier à spirales. Elle en a des armoires pleines, Véronique, de ces cahiers à grands carreaux. Depuis le temps qu'elle court les bois, elle en a rempli des pages et des pages, des cahiers et des cahiers, des armoires et des armoires ! Elle observe tout, note tout. Ses impressions, ses découvertes, les passages d'animaux, les lieux de gagnage préférés, c'est-à-dire là où ils viennent se nourrir. Les transformations des bois, aussi, au fil des années et des coupes : il y a de plus en plus de monde qui se chauffe au bois dans la région et les forêts s'éclaircissent très rapidement. Un jour, elle a découvert une orchidée très rare, tu sais ces jolies fleurs que l'on croit toujours exotiques ? Eh ! bien, il en existe quelques-unes dans la région, minuscules, mais magnifiques, qui ne poussent que sur quelques mètres carrés, dans un endroit isolé et sur une terre pauvre et calcaire. Véronique me les a montrées, une fois, et c'est notre secret. Je suis sûre qu'il y a plein de gens qui passent à côté sans savoir qu'ils côtoient des orchidées rarissimes, pensant peut-être avoir affaire à de simples violettes un peu bizarres !

- Tu veux un bonbon ?

Les poches de Véronique, c'est une autre de ses particularités, sont toujours pleines à craquer de bonbons en tout genre. Moi, j'aime bien les caramels, mais les mous, pas ceux qui vous explosent les dents !

J'acquiesce sans dire un mot. Véronique me tend une poignée. Elle a de gros doigts carrés qui contrastent avec le rouge à ongle qui les termine. Chouette ! Deux, trois caramels !

- Véronique ?

Je chuchote, hésitante.

- Oui ? murmure-t-elle en écrasant quelques pattes de mouche dans son cahier.

Dans la clairière, devant nous, le daguet a relevé la tête, l'oreille aux aguets, le museau tendu dans notre direction.

- Ne t'inquiète pas ! La direction du vent nous est favorable. Il ne faut pas parler trop fort, c'est tout ! souffle Véronique.

Allongée là, à guetter les chevreuils, j'en oublie presque qu'en ce moment, enfin, il y a près de 700 ans, un drame se joue à quelques centaines de mètres de là.

Je secoue la tête.

- Je vous en parlerai tout à l'heure. Mais j'ai besoin de conseils.

- D'accord. Ça ne durera plus longtemps.

Durant plusieurs minutes, nous restons côte à côte, sans un mot, observant les chevreuils. Puis, nous nous retirons à quatre pattes, retrouvant le couvert de la forêt.

Nous nous asseyons contre une pile de bois fraîchement coupé. Au loin, une remorque en charrie quelques stères en prévision du prochain hiver.

Véronique enfourne deux bonbons. M'en tend un autre que je refuse. J'en ai encore plein la bouche !

Nous mastiquons en silence, humant l'air et les senteurs des arbres en été.

C'est Véronique qui parle la première.

- Alors, jeune fille, que puis-je pour toi !

J'avale mon dernier bonbon.

- Vous connaissez l'ancien château ?

- Celui qui est sur les hauteurs ? Enfin, qui était ?

- Oui.

- Il a été détruit il y a très longtemps. À la fin de la guerre de cent ans, je crois. On en trouve encore des traces, tu sais, même si, depuis, les arbres ont repoussé, même si une bonne partie des pierres a été utilisée pour construire les maisons du village. Certaines pierres de nos maisons, comme la tienne sans doute, proviennent sûrement de ce château.

- Et l'église ?

Véronique sourit.

- La fameuse église ! On en parle beaucoup. Mais on n'en trouve aucune trace, ni dans les archives ni sur le terrain. Pas même à la bibliothèque diocésaine de Chartres, et je peux te dire que là-bas, ils ont autant de documents que de feuilles sur ces arbres !

Inutile de te le dire : je bous ! Elle est trop sympa, Véronique, et j'ai vraiment du mal à tourner ma langue sept fois dans la bouche ! J'ai envie de lui dire qu'elle existe, ou plutôt qu'elle a existé, son église, et que je sais où elle se trouve ! Mais tu imagines ! Ce n'est pas encore le moment. Attention, terrain glissant ! Mieux vaut revenir vers une zone moins dangereuse : le château. Et ses souterrains.

- On dit qu'il y avait pas mal de souterrains autour du château !

Véronique reprend un bonbon, m'en tend un autre. Que j'accepte. Zut ! « Saveur fraise ». Je regarde avec envie Véronique ôter le papier de son caramel mou.

- En effet ! Il paraît que le coin est miné, comme on dit ! Au moyen-âge, les places fortes étaient liées entre elles par d'immenses souterrains qui permettaient des rencontres secrètes entre seigneurs, cardinaux, messagers des uns et des autres. Ils permettaient également la fuite en cas de siège, ou l'approvisionnement en bois ou en aliments, en eau. Certains débouchaient en pleine forêt, d'autres dans les cryptes de certaines églises à parfois plusieurs kilomètres de là. Tu sais qu'à Chartres il y a des cavités qui courent partout dans le sous-sol ?

- Tacatacatacatac...

Au-dessus de nous, un pivert vient d'entamer l'écorce d'un chêne en quête d'un de ces vers dont il est très friand.

- Vous en connaissez, des entrées de souterrain ?

Véronique sourit !

- La plupart a été bouchée il y a très longtemps. Certaines ont été utilisées comme caves et puis, au fil des siècles comblées avec les gravats divers. On dit qu'au XIXème siècle, un marcelot, c'est-à-dire un colporteur, tu sais, qui allait de village en village avec des tissus, des almanachs, tout un tas d'objets utiles aux paysans isolés sans oublier les nouvelles, eh bien ! un colporteur aurait été englouti par un de ces souterrains. Il avait beaucoup plu cette année-là et la forêt s'est effondrée sous ses pas. Il est mort écrasé par son cheval et sa carriole… et sous des tonnes de terre et de racines !

- Mais c'est horrible !

- Comme tu dis.

Véronique ne paraît pas plus émue que ça. Elle tire de sa poche une nouvelle poignée de bonbons. Je ne laisse aucune chance au caramel qui surnage au milieu d'une mer de sucreries fruitées et l'attrape d'un geste vif ; des fois qu'il aurait envie de prendre la fuite !

- Aujourd'hui, ils ont tous été comblés. Sauf un, qui aboutissait dans la vallée de la Blaise, pas très loin d'ici.

- Il existe encore ?

- Bien sûr ! Il est moins profond qu'à l'époque où j'avais ton âge mais...

Je ne la laisse pas finir.

- Vous pouvez m'y emmener ?

- Oui, mais... Dites-moi, mademoiselle, pourquoi de telles questions ?

- Oh, c'est pour un exposé que je dois présenter en classe, lundi.

- Lundi ? Eh bien, il est temps de t'y mettre !

Je prends cet air à la fois penaud et peiné qui me vaudra certainement un César de la meilleure actrice quand je serai grande et reconnais mon erreur.

Véronique sourit.

- Bon, grimpe sur ton vélo. On va passer récupérer le mien à la maison et je t'emmène !

- Chouette !

Je pousse un hurlement de joie. S'il restait un chevreuil dans la clairière, à présent, il a dû prendre ses pattes à son cou !

Chapitre vingt-trois : dans lequel nos héroïnes sont confrontées à une découverte archéologique impossible !

- Voilà, ch'est ichi !

Véronique est en train de mâchouiller un bonbon à la cerise.

En passant par chez elle, elle a récupéré son vélo, un superbe VTT bleu et jaune, dont elle a rempli les sacoches de bonbons. Bonbons qu'à présent elle distribue généreusement.

Un peu plus loin, on entend le murmure de l'eau qui s'écrase contre les piles d'un ancien moulin.

Pour arriver jusqu'ici, nous avons coupé à travers bois, emprunté une sente communale qui descend vers la vallée, passant non loin des vestiges de l'ancien château. Véronique en a profité pour me montrer, ensevelis sous une chape de lierre et d'herbes folles, des restes de murs : on y trouve des silex coupant comme du verre, mais aussi des morceaux de briques et de tuiles rouges.

Puis nous avons dévalé une pente boisée pour rejoindre la petite route qui serpente le long des prés bordant la rivière. Nous avons laissé nos vélos contre un vieux chêne rabougri, courbé comme le dos de madame Ferré, qui habite au-dessus de la mairie.

- C'est par là !

Véronique désigne une touffe de buissons plantée dans la colline.

- L'entrée est juste derrière.

Nous gravissons les quelques mètres qui nous séparent du buisson. J'écarquille grand les yeux, afin de me familiariser avec les alentours, essayant de deviner l'aspect que pouvait bien avoir l'endroit au moyen-âge.

J'espère aussi qu'en 1347, l'entrée de ce souterrain existe déjà.

- Attention, ça pique !

Devant moi, les longs cheveux noirs tissés de gris de Véronique se prennent dans les griffes des buissons. Elle tient certaines branches en respect pendant que je me faufile. C'est alors que je tombe sur une muraille de pierres recouvertes de lichen, pareilles à celles que l'on appelle « les bosses ».

- Il n'y a rien, ici !

Ô déception !

Véronique émet un petit rire.

- Grimpe plutôt là-dessus et regarde ce qu'il y a derrière !

Je grimpe donc. Et en effet, découvre une cavité assez large pour laisser passer quelqu'un de raisonnablement corpulent.

- Ça ne ressemble pas vraiment à l'entrée d'un souterrain.

Véronique perçoit ma contrariété.

- Tu t'attendais à une belle porte avec de grosses pierres tout autour ? Tu sais, il fallait que ce soit discret, introuvable. Tu imagines les assaillants d'un château découvrant l'une des entrées ?

Véronique a raison. Et j'imagine d'autant mieux que l'assaillant, dans ce cas, ce sera moi !

- Vous croyez qu'on peut descendre ?

- J'imagine que si je dis non, tu reviendras toute seule ?

Je ne réponds pas.

- Bon, j'aime autant venir avec toi. Allez viens. Mais avant, tu me promets de n'en parler à personne ! Pas plus du souterrain que de notre équipée. Je ne voudrais pas qu'il y ait un accident à cause de moi.

Je promets.

Nous nous faufilons dans l'ouverture. Ça me rappelle ma récente équipée dans la crypte. Décidément, c'est vrai que le terrain est miné par ici !

Au bout de quelques mètres, c'est le noir complet.

Véronique en profite pour allumer son briquet. Des ombres dansent sur les parois. Le sol est pavé, par endroit. Véronique passe devant moi, chuchotant.

- Alors ? Qu'est-ce que tu en penses ?

- J'adore ! Il est profond ?

- Pas très. Encore quelques mètres. Il est éboulé. Depuis sans doute très longtemps. Peut-être même depuis l'époque du château.

Tout en marchant, je tente d'imaginer la distance qui sépare le château de cette entrée, ou cette sortie, à flanc de vallée. Au moins trois kilomètres. J'aurais intérêt à ne pas oublier ma pile électrique.

Effectivement, le fond du souterrain s'est éboulé. C'est une masse de terre, de pierre, de racines d'arbres aussi qui nous empêche d'aller plus loin.

- Et voilà ! Fin de la visite, tout le monde remonte ! lance Véronique joyeusement. Alors, ça t'a plu ?

- Oui, c'est génial ! Mon exposé va...

Je ne termine pas ma phrase.

- Ouille !

Véronique lâche son briquet.

- Je me suis brûlée ! Quelle andouille ! s'exclame-t-elle !

Nous pouffons toutes les deux dans l'obscurité.

Puis nous voici à genoux, tâtonnant, essayant de retrouver le briquet. Par moment nos mains se frôlent et nous rions de plus belle.

- Je crois que je l'ai…

Ma main s'est posée sur le métal encore tiède. Je parviens à le rallumer.

La lueur du briquet en dévoile une autre. Fichée dans le mur de terre et de gravats.

- Véronique ! Je crois que j'ai trouvé quelque chose. Quelque chose de brillant.

J'en bafouille. Une pièce d'or ?

Véronique s'approche, toujours à croupetons et tend la main. Ses ongles rouges grattent la terre, dégagent un morceau de bois, puis une pierre blanche.

- Attend ! Il faut que j'éteigne, ça commence à brûler.

Je repose le briquet par terre, attendant que ses flancs métalliques refroidissent.

Pendant ce temps, Véronique continue de dégager ma découverte.

- Ça ne ressemble pas à une pièce. C'est plutôt long. Comme un crayon, ou quelque chose dans le genre.

Je suis pressée de voir ça. Mais le briquet est encore chaud. La patience, c'est vraiment pas ce qui me caractérise !

- Ça y est, je l'ai !

Je ne tiens plus : malgré le risque de brûlure, je saisis le briquet, le rallume.

La flamme vive éclaire... un coupe-verre ! Tout ce qu'il y a de plus moderne.

Ou ce qui y ressemble beaucoup malgré la rouille de la partie métallique et le bois rongé !

J'en lâche le briquet.

Mais pas à cause de la chaleur. Et nous nous retrouvons de nouveau plongés dans les ténèbres.

Chapitre vingt-quatre : où le lecteur se plonge, amusé, dans un court chapitre sans titre

Assises près de nos vélos, à l'ombre du chêne au dos torturé, Véronique et moi contemplons notre découverte. Il s'agit bien là d'un coupe verre, le même que celui de maman avec son réservoir de plastique contenant le white-spirit. Ce réservoir permet de lubrifier, de graisser la roulette de tungstène du coupe verre, si tu préfères. Cela facilite la coupe. Inutile de te dire que c'est une invention récente ! Au moyen-âge, il n'y avait pas de coupe verre puisque l'on coupait « à chaud », avec des fers. La pointe du coupe-verre est méconnaissable, toute rouillée, elle s'effrite dès qu'on y touche. Par contre, le réservoir de plastique a bien résisté. Il contient même quelques traces d'une sorte de pâte jaunâtre. Sans doute un reste de white-spirit.

- Il n'était pas là la dernière fois que je suis venue !

Véronique est catégorique.

- J'y retourne de temps en temps. C'est comme les cabanes qu'on montait quand on était gamins. J'aime bien m'y retrouver.

Je ne lui dis pas que je trouve ça bizarre de la part d'une adulte. Mais je trouve ça bizarre...

Il y fait sombre, dans ce souterrain, frais ; et il n'y a pas grand-chose à voir. Rectificatif, il n'y avait pas grand-chose à voir jusqu'à aujourd'hui.

Ça s'embrouille un peu dans ma tête.

On dirait vraiment qu'on vient de mettre la main sur un objet du moyen-âge. La preuve ! Il était pris dans un amoncellement de gravats certainement très anciens. Et vu son état, il y a peu de chance qu'il ait été placé là depuis peu. Et par qui, de toute façon ? Plus j'y réfléchis, plus je me dis que c'est moi qui l'ai perdu, ce fichu coupe-verre. Et je ne l'ai pas perdu récemment, si tu vois ce que je veux dire ! Je l'ai égaré il y a plus d'un demi-millénaire, dans ce souterrain !

Plus j'y pense, plus cela me paraît évident !

C'est donc que je vais réussir à retrouver l'entrée du souterrain, ce qui est rassurant.

Mais qu'est-ce que je pouvais bien fabriquer avec un coupe-verre ?

Tandis que Véronique s'interroge à haute voix, non sans gober de temps à autre quelques bonbons fondants comme ils disent dans la publicité, moi, je me perds dans mes réflexions. Après tout, ce n'est pas idiot d'embarquer un coupe-verre. Ça peut être utile. Et puisque j'en perdrai un au cours de ma future expédition dans le passé, j'en emporterai deux, pour le cas où...

- Il se fait tard ! Il va falloir rentrer !

Je m'étire comme au sortir d'une longue sieste, de celles qui vous fatiguent plus qu'elles ne vous remettent en forme. Véronique a raison.

Nous enfourchons nos vélos. La pente est raide et nos mollets nous le font savoir ! C'est en sueur que nous parvenons à l'orée du village. Nous nous quittons après un dernier bonbon. J'ai le coupe-verre dans ma poche. J'ai expliqué à Véronique que je voulais le montrer à maman. J'espère qu'elles ne se verront pas avant quelques jours...

Tandis que je pédale, il me vient à l'esprit que si ce coupe-verre appartient au moyen-âge, il ne peut plus se trouver dans l'atelier de maman. Pfiouuu. Ça devient compliquée cette histoire ! Heureusement qu'elle en a toute une panoplie, de coupe-verre !

J'entreprends un petit détour du côté de chez Jeanne pour lui raconter les derniers événements.

J'ai encore une bonne heure devant moi avant le dîner.

Bien calés dans ses gros fauteuils de cuir sombre, nous allons passer une bonne heure à nous organiser.

Le seigneur d'Orval n'a qu'à bien se tenir !

Chapitre vingt-cinq : où nos héros traversent le royaume des gnomes pour parvenir à leurs fins

Sur le chantier de la future église, celle-là même dont on perdra toute trace au cours des siècles futurs, le travail se poursuit.

Les porteurs d'eau vont et viennent entre les petits groupes d'hommes qui commentent l'événement.

- Maître Clément a été mené dans les geôles du château ! Il est accusé de sorcellerie !

À ces mots, prononcés par un gros bonhomme aux joues rouges, ses compères se signent !

- Maître Clément, sorcier ? Menterie !

C'est un homme aux cheveux blancs qui parle.

- Je connais maître Clément depuis très longtemps ! J'ai travaillé sur un chantier à Notre-Dame, à Chartres, avec lui. Il est homme de grand talent, bon avec ses ouvriers, courtois avec les plommiers, ce qui n'est pas le cas de tous !

Aymeric serre les poings. Nous sommes assis à l'ombre d'une pyramide de grosses pierres arrivées tout droit de Berchères, à cinquante kilomètres de là. Je suis adossée à la besace de cuir empruntée à papa, un gros truc râpé très médiéval que papa appelle d'ailleurs sa « besace préhistorique » avec laquelle il court les foires à tout et les salons du livre en quête de raretés. J'espère qu'on ne m'obligera pas à en vider le contenu sinon je risque d'être soumise à mon tour au jugement de Dieu.

- Les plommiers ? Qu'est-ce que c'est que les plommiers ?

Aymeric se tourne vers moi. Il a une larme au coin des yeux.

- Ce sont les hommes chargés de fabriquer et travailler le plomb utilisé pour les vitraux.

Juché sur une petite plate-forme, à mi-hauteur de l'édifice, un homme taille une pierre jaune. Sur l'un des clochers inachevés, une grue tournante tout en bois, guidée par deux hommes, grince dans le vent. Fascinée, j'observe la tenaille qui pend au bout d'un câble gros comme mon bras et que les grutiers guident jusqu'au bloc de pierre qui se trouve au pied du mur. Les mâchoires de l'engin s'écartent pour se refermer sur l'énorme bloc. Solidement coincé entre ces mors, le cube de pierre s'élève gracieusement dans les airs.

Maman m'a expliqué un jour qu'entre l'an mil et la fin du XIVème siècle, on avait extrait et travaillé plus de pierres en France que ne l'avait fait l'ancienne Égypte pour ses pyramides !

En cinq siècles, on aurait bâti près de cent cathédrales, cinq cents grandes églises, sans compter des milliers d'églises paroissiales !

Visiblement, le monument en cours de construction appartient à la seconde catégorie. Une vraie cathédrale miniature entre les piliers de laquelle se déploient des centaines de manœuvres, d'ouvriers qualifiés et compagnons dont très peu ont été recrutés sur place. À l'époque, les maîtres d'œuvre se déplaçaient la plupart du temps d'un chantier à l'autre avec leurs équipes. On retrouve leurs traces, leurs « remarques » comme on dit, cachées dans des monuments. C'est à ces signatures secrètes que l'on pouvait savoir que tel ou tel compagnon était passé par tel ou tel chantier.

De loin en loin, des hommes attelés à de lourds tombereaux, des sortes de charrettes à deux ou quatre roues, tirent pierre, bois et chaux.

Un grand éclat de rire secoue soudain un autre groupe d'hommes, massé auprès d'un tout jeune homme maniant un ciseau à pierre ! Il doit avoir douze ans, pas plus et paraît rouge de confusion !

- En voilà un lapin qui doit courir plus vite qu'il ne taille ! lance un bonhomme au rire édenté.

- Un lapin ?

Aymeric répond à ma question en souriant.

- C'est le surnom qu'on donne aux apprentis. Moi-même, je suis le lapin de mon père ! Tu vois là-bas, cette sorte de carapace de terre et de brique ? C'est le four de mon père. C'est là qu'il cuit ses pièces. Il lui faut des heures et des heures pour le conduire à bonne température. Et sous ce tertre, là, sont désormais à l'abri les vitraux voués à cette église.

- C'est bien, je dis.

Deux hommes, les bras ballants, visiblement désœuvrés, discutent au pied du four désormais inutile.

À mi-hauteur du bâtiment, les étroites fenêtres ogivales paraissent nous observer de leur regard aveugle que n'éclaireront peut-être jamais les vitraux de Clément.

- Je dois aller délivrer mon père quoi qu'il puisse m'en coûter ! Je ne laisserai pas messire d'Orval me priver de lui comme il m'a privé de Thibaude !

- Écoute, je connais le moyen de pénétrer dans le château sans nous faire remarquer. Si tu veux, nous y allons ensemble.

- Comment ?

À cet instant, Aymeric a de très beaux yeux verts. Il est craquant. Vraiment très mignon, même !

- Je connais l'entrée d'un des souterrains qui y mène.

- Quoi ? C'est impossible ! Il s'agit là de savoirs secrets ! Par quel prodige ?

- Ne t'inquiète pas pour ça ! Il n'y a rien de sorcier, je l'ai trouvée par hasard.

Aymeric hoche la tête d'un air entendu.

- Tu te doutes que je ne te crois pas ?

- Je me doute ! Allez viens, nous n'avons pas beaucoup de temps.

Nous quittons le chantier, nous dirigeant vers le bois, vers la vallée où je sais pouvoir trouver l'entrée du souterrain. Durant tout le trajet, Aymeric et moi restons silencieux. Les bois n'ont pas grand-chose à voir avec ceux que je connais. Les arbres sont immenses, noueux, torturés, il n'y a pas un seul sapin contrairement à aujourd'hui. Il n'y a là que des chênes, des charmes, des châtaigniers, des bouleaux pareils aux piliers d'une église. Leur voûte bruissante empêche la lumière de pénétrer jusqu'à nous et malgré un soleil haut dans le ciel, nous marchons dans la pénombre, évitant à grand-peine les ronces tortueuses pareilles à de menaçants barbelés.

Les oiseaux paraissent avoir déserté l'endroit. De loin en loin, d'énormes blocs de silex surgissent du sol, semblables à des mufles de monstres préhistoriques tentant de déchirer la terre pour venir nous happer. Il règne en ces lieux une telle ambiance de mystère et d'angoisse que je ne m'étonne plus des superstitions de nos ancêtres.

J'en suis là de mes réflexions quand Aymeric me saisit le bras. Je pousse un petit cri de frayeur.

- Nous ne pouvons aller plus loin. Tu vois ces grosses pierres ? C'est ici le royaume des gnomes. On raconte qu'il y a longtemps, des villageois venus couper du bois ont disparu sans laisser de traces. Ils ont sans doute été dévorés par les esprits vilains qui hantent ces lieux. Simon Briquède assure qu'il a entendu leurs gémissements, un soir qu'il passait par là ; il était à la recherche d'une de ses chèvres qui s'était ensauvée et a dû filer sans se retourner pour échapper aux petits monstres. Il n'a jamais retrouvé sa bête, qui a dû servir de dîner aux malfaisants.

Comment expliquer à Aymeric que les gnomes n'existent pas et qu'il s'agit sans doute de légendes que font courir les gens du château afin d'éviter à quelque rôdeur de découvrir l'une des entrées secrètes? Ces blocs de pierre ne sont rien d'autre que des pierres levées ou des tables de pierre, des dolmens quoi !

Dans cet endroit sinistre, tout est susceptible d'enflammer les imaginations, d'aiguillonner les peurs. Aymeric vit avec depuis tout petit. Pour lui, les gnomes, les elfes et les fantômes sont une réalité qui se construit au fil des veillées, des récits de ceux qui ont vu ou entendu, ou cru voir et entendre, ou entendu dire !

Je lui prends la main. Elle est moite.

- Je t'assure que nous ne rencontrerons pas de gnomes aujourd'hui. Le danger vient plutôt des gens du château. Nous allons devoir avancer sans bruit. L'entrée du souterrain n'est plus très loin. Allez, viens, je t'assure ! Rappelle-toi : nous sommes ici pour sauver ton père !

Je t'avoue que ça me fait tout drôle de m'entendre parler comme ça ! Comme je te l'ai déjà dit, je ne suis pas du genre téméraire. Pas franchement peureuse, non, mais pas du genre à m'embarquer dans des missions à haut risque. Et là, je me rends compte soudainement que je risque peut-être ma vie ! Depuis le début de cette histoire !

Il me vient soudain l'envie de prendre mes jambes à mon cou et de filer en direction du village puis du XXIème siècle !

- Je pense que tu te trompes mais il est vrai que je dois retrouver mon père, murmure Aymeric en caressant le manche de son couteau à plomb à la lame recourbée comme le sabre d'un Sarrasin.

À présent, impossible de me défiler !

- Bien, allons-y, ce n'est plus très loin.

Nous parvenons enfin sur les hauteurs du val, au bas duquel, je le sais, se déroulent les anneaux de la rivière. La petite route qui longe aujourd'hui le cours d'eau n'existe pas encore. La pente est encombrée d'arbres et de broussailles inextricables. Nous allons devoir refaire le trajet que nous venons d'effectuer, mais dans l'autre sens et cette fois sous terre !

- Nous allons nous agripper à ces arbres pour ne pas tomber. L'entrée du souterrain est à mi-hauteur.

Nous entamons notre descente, glissant de tronc en tronc, nous accrochant aux branches les plus basses, enfonçant du mieux que nous pouvons nos chausses dans la terre meuble. Enfin, nous parvenons au roc dissimulant l'entrée du souterrain. La cavité est masquée par une sorte de trappe fabriquée à partir de branchages tressés. Avant qu'Aymeric ait pu dire un mot, je soulève la trappe et me glisse dans le trou. Une fois à l'intérieur, je tire ma lampe torche de ma besace et en fait courir le faisceau sur les murs puis vers le boyau, espérant qu'aucun garde n'ait été chargé de veiller sur cet accès.

Aymeric déboule à mes côtés en poussant un juron.

- Par la Mort Dieu ! La gorge est étroite ! Mais qu'est-ce que...

- C'est une lampe électrique ! C'est une invention de mon pays.

- Quel pays mystérieux !

Il approche sa main du faisceau lumineux.

- C'est étrange ! Cela ne brûle pas. C'est une flamme sans chaleur ! Immobile !

- Oui. Mais comme toutes les torches, elle finit par s'éteindre ! Alors, marchons tant que nous avons de la lumière ! Je passe devant.

Aymeric empoigne son couteau à plomb. Nous avançons sans dire un mot, marchant sur de la brique. Le terrain est pentu. Par endroit, des étais de bois consolident le tunnel. La lampe éclaire loin devant nous, ce qui suscite des commentaires émerveillés de la part d'Aymeric.

Le sol finit par se stabiliser. Nous devons avoir atteint le fond de la vallée. Nous marchons d'un bon pas quand une odeur nous prend à la gorge, une odeur de pourriture et d'humidité. Des murs, devenus de briques, suintent des rigoles d'eau. Nous devons esquiver des flaques sombres sur une cinquantaine de mètres, puis le sol redevient sec, les murs de terre. Nous avons sans doute franchi la rivière.

Aymeric se propose à plusieurs reprises de porter mon havresac, mais je m'obstine à refuser.

Je sens son regard posé sur mon dos. Je suis sûre qu'il se demande quelles autres diableries peut bien renfermer ma bosse de cuir !

Je décide qu'il vaut mieux « l'affranchir », comme ils disent dans les séries américaines que regarde papa à la télé. Il pourrait partir en courant au dernier moment, convaincu que la sorcière, c'est moi !

Il m'écoute avec des yeux ronds, septiques souvent, émerveillés parfois, effrayés par moment. Je lui assure qu'il n'y a rien de magique dans ce qui déforme ma sacoche de cuir, qu'il en existe beaucoup dans mon lointain pays. Qu'il ne faudra pas qu'il s'inquiète quand je l'utiliserai.

Les batteries de ma lampe torche commencent à donner des signes de faiblesse. J'espère que le tunnel ne se poursuit pas encore sur des kilomètres et des kilomètres sinon nous terminerons notre petite balade dans le noir total. À cette idée, je ne peux m'empêcher de frissonner. Tu imagines les bestioles grimpantes et rampantes, les trucs horribles charnus et poilus qui peuvent vivre dans un souterrain ?

Moi, je ne les vois pas, mais je les imagine, tapis là, dans
peut-être suspendus au-dessus de nos têtes. Beurk !

Je sens soudain un filet d'air frais me caresser la joue.

Nous devons approcher d'une ouverture.

Il va nous falloir faire preuve de prudence.

Je décide de masquer la lueur de ma lampe avec un m papier que je maintiens grâce à un de ces élastiques en c traînent dans ma poche en permanence et qui font hurl quand elle les retrouve coincés dans les canalisations du lave

Soudain, quelqu'un se met à parler tout près de nous !

Chapitre vingt-six : où l'on prend conscience de la fourberie de maître Raynard

Des éclats de voix nous parviennent à travers...

À travers quoi ?

Nous ne voyons plus grand-chose !

Les mains tendues en avant nous progressons à petits pas, en direction du léger souffle d'air qui se fait de plus en plus ressentir.

Finalement, mes doigts entrent en contact avec une surface rugueuse : une porte de bois, taillée dans de grosses planches mal équarries.

C'est de derrière que proviennent les voix.

- Je vous assure messire, je pourrais tenir les délais, à condition d'hériter sans attendre du four de maître Clément et du verre qui lui a été livré.

- Vous m'étonnez ! Vous un homme si pieu, si attaché à la volonté de notre Seigneur accepteriez de travailler avec les biens d'un homme que vous avez accusé à deux reprises de sorcellerie ?

- Ce sont les circonstances qui l'exigent, messire. Votre église doit être terminée pour la Noël. Vous savez comme moi que l'évêque en personne s'en viendra la bénir. Il apportera pour l'occasion cette part de la Vraie Croix qu'Hervé, fils d'Arnaud, rapporta à Chartres de Terre Sainte ! Il est rare que ce bois précieux quitte Notre-dame de Chartres pour s'en aller battre la campagne !

- Ils parlent de mon père !

- Chut !

- Je n'aurais jamais cru telle vilenie de la part de maître Clément. Ses vitraux sont les plus beaux qui soient.

- Ils sont inspirés par le Démon ! C'est pour cela que vous les trouvez magnifiques ! Mais c'est le Malin qui guide son pinceau, soyez-en assuré. Pour mieux nous tromper !

- Ne serait-ce pas plutôt la jalousie qui vous fait tenir de tels propos ?

- Mon bon maître ! Comment un simple mortel pourrait-il jalouser une entité démoniaque !

- Comme vous y allez mon ami ! Pour l'heure, il n'a rien été prouvé contre maître Clément. Je l'ai fait mander et il jure être victime d'un complot.

- Soumettez-le à la justice divine. Nous saurons assez tôt ce qu'il en est réellement.

- Maître Raynard, vous connaissez comme moi la valeur d'un tel jugement.

- Vous blasphémez, messire.

- Et toi tu me prends pour un paysan superstitieux ! De tels propos pourraient te conduire au pilori, alors méfie-toi !

Le passage du vouvoiement poli au tutoiement dans une envolée colérique est si brusque qu'Aymeric et moi sursautons.

- Pardonnez-moi, messire. Je ne voulais pas être insolent. Mais savoir maître Clément en nos murs m'effraie quelque peu.

- Le crois-tu assez diabolique pour traverser les murs de sa geôle et s'en venir t'écharper dans ton sommeil ?

- Ne plaisantez pas messire d'Orval. Souvenez-vous que son lapin, Aymeric, était très lié avec certains des adorateurs de Lilith que vous avez passés par le fil de l'épée.

- Je n'oublie pas, non, que c'est déjà grâce à toi que j'ai commis ce que l'on me reproche aujourd'hui et qui me vaut, sur mes deniers, de bâtir cette église.

- Me reprocheriez-vous aujourd'hui ce qui vous permit d'obtenir naguère si grande gloire ? Auriez-vous préféré ignorer les agissements de ces hérétiques ? Oserais-je vous rappeler que grande part de leur fortune n'est pas revenue à notre mère l'Église mais repose dans les coffres de votre château ?

- Il suffit ! Ton impertinence me pèse ! Quant à ma fortune, elle nourrit cette église dont tu souhaites si ardemment réaliser les vitraux et te nourrit également. Allez, va, tu m'indisposes...

- Très bien, maître. Je vous souhaite le bon soir.

- Je le savais !

Ce n'est qu'un murmure, mais dans mon oreille il tonne comme un coup de tonnerre au milieu de la nuit. Le ton d'Aymeric ne laisse planer aucun doute sur ses sentiments.

Je crains un instant qu'il ne se jette contre la porte, la fasse voler en éclats et se précipite dans la pièce, coupe-plomb à la main, afin de régler leur compte à Raynard et à messire d'Orval.

Mais non.

Il se contente d'empoigner mon bras et de le serrer un peu, oh, juste ce qu'il faut, pour me tirer une grimace de douleur. Je parviens à me dégager doucement et à l'attirer en arrière.

- Aymeric. Je sais que ce n'est pas facile, mais nous devons garder notre calme. Pour sauver ton père.

- Mais il va être jugé ! Et Raynard fera tout ce qu'il peut pour le faire condamner ! C'est comme s'il était déjà mort. Raynard ! Qu'il soit maudit ! C'est à cause de lui que Thibaude est morte ! Puisse-t-il aller rôtir en Enfer !

- Je suis sûr qu'il paiera pour ses crimes. Et je crois savoir comment. Sais-tu où se trouve son atelier ?

- Il est bâti dans la première enceinte du château. J'y suis allé, une fois, avec mon père. C'était il y a fort longtemps.

- Écoute. Il faudrait que je puisse m'y introduire. Et il faudrait ensuite que nous puissions y attirer messire d'Orval...

- C'est impossible !

- Plus impossible que d'aller délivrer ton père ? Si nous parvenons à le sortir de son cachot, vous devrez prendre la fuite, toujours et toujours. Et tu sais qu'il ne voudra jamais abandonner son travail. Je crois qu'il vaut mieux rendre la monnaie de sa pièce à maître Raynard.

- Je ne te comprends pas…

- Nous devons retourner la situation à notre avantage! Tu as pu remarquer que ce n'est pas le grand amour entre d'Orval et Raynard...

- Tu parles d'étrange manière mais je crois que je te comprends...

- Bien. Nous devons convaincre messire d'Orval que c'est Raynard le véritable sorcier et qu'il jalouse ton père au point de vouloir le faire disparaître ! Démontrer à messire d'Orval que c'est une main divine qui guide le pinceau de ton père et que cela contrarie les projets de Raynard, lequel souhaite prendre possession de l'église au nom du Diable grâce à ses propres vitraux. Tu me suis ?

- Je... Tu crois que c'est ce que souhaite maître Raynard ?

-Vas avoir ! Nous devons en tout cas convaincre messire d'Orval. Crois-moi, c'est le seul moyen de sauver ton père. Tu as entendu Raynard ! Il n'hésitera pas à le sacrifier pour obtenir ce qu'il veut ! C'est un danger ambulant ce type !

- Je...

La phrase d'Aymeric se perd un instant dans une obscurité encore plus noire que celle du souterrain. Une sorte de vibration que je commence à connaître me bourdonne à l'oreille.

L'anneau au doigt d'Aymeric paraît bourdonner.

Quant à mon doigt, il me démange, à l'endroit même où, quelque part, à sept cents ans de là, mon corps physique porte ce même anneau.

Je songe soudain à Jeanne, là-haut, ou plutôt dans le futur, Jeanne à qui j'ai confié la mission de rallumer un bâtonnet d'encens à chaque fois que le précédent semble sur le point de s'éteindre.

Jeanne qui dans un premier temps a refusé, affirmant que tout cela devenait bien trop dangereux. Et puis qui a fini par céder quand je lui ai dit que je retournerai au moyen-âge avec ou sans elle. Jeanne qui doit veiller sur... sur quoi ? Sur mon corps endormi ? Sur rien ? Est-ce que j'existe toujours au XXIème siècle ou est-ce que je voyage « réellement », enfin, physiquement dans le temps ? Je me palpe le bras. Je suis bien présente au moyen-âge, alors ? Je n'ai que le temps de deviner dans la pénombre la lueur de surprise qui illumine soudain les yeux d'Aymeric.

- Hé ! Qu'est-ce qui t'arrive ? Ott...

- Jeanne ! L'encens ! C'est comme si je criais dans ma tête ! Et soudain, l'étrange sensation disparaît en même temps que réapparaissent les murs autour de moi.

- Mais par la Malemort, que t'es-t-il arrivé ? Tu es devenue toute, toute...

Le malheureux cherche ses mots, sans les trouver.

- Pas de panique, cela m'arrive de temps en temps ! Allez, ne perdons plus de temps. « Merci Jeanne », je murmure toutefois. De combien de bâtonnets d'encens dispose-t-elle encore ? Je sais que mes plongées dans le temps et surtout leur durée sont liées à cet encens. Que se passera-t-il quand toutes mes provisions seront épuisées ? Je préfère ne pas y penser. Nous devons agir vite.

Nous nous approchons de la lourde porte de bois. Collons nos oreilles contre les planches qui dégagent une odeur de vieilles chaussettes, comme celles que je retrouve parfois, sous le matelas quand je change les draps de mon lit ou dans mes piles de bouquins.

Il n'y a plus un bruit. Messire d'Orval a-t-il quitté la pièce, lui aussi ?

Nous attendons un moment. En vain.

Tout en écoutant, nous explorons la porte de la main, en quête d'une poignée, d'un loquet ou de quoi que ce soit. Mais il n'y a rien, pas la moindre aspérité.

- Il doit y avoir un mécanisme secret. Ce serait trop simple, chuchote Aymeric.

Je rallume ma lampe. Les batteries semblent vouloir crier grâce et je n'ai pas besoin de masquer l'ampoule cette fois. La lueur est cependant assez vive pour nous permettre de voir les murs. Rien. Rien de rien ! Pas le moindre interstice susceptible d'abriter une manette ou une clenche. Lisse comme une fesse de bébé. C'est une expression de papa. Il n'a pas dû en voir beaucoup des fesses de bébé, parce qu'une fesse de bébé, c'est tout fripé ! Enfin, les seules fesses de bébé que j'ai vues, ce sont celles de mon petit cousin, mais je jure qu'elles n'étaient pas si lisses que ça... Je pense soudain à papa et maman. Que font-ils en ce moment ? À cet instant, ils me manquent, c'est horrible. J'ai envie de les serrer dans mes bras. Comme sans doute Aymeric aimerait embrasser son père. Quand je pense que nous sommes bloqués derrière cette stupide porte! Avons-nous fait tout ce chemin pour rester là dans le noir ?

De rage, je donne un coup de pied par terre et pousse un cri. Aïe ! Ma chausse vient de percuter une sorte de gros clou métallique qui pointe hors de terre, dans un coin du mur. Aussitôt, le souffle d'air se fait plus impétueux et la porte glisse sur des gonds invisibles. Aymeric se mord les lèvres en roulant des yeux. Ce serait la grimace la plus drôle du monde en d'autres circonstances. Nous nous précipitons sur la porte pour l'empêcher de s'ouvrir, mais elle est bien trop lourde et son mécanisme parfaitement huilé.

Sans un grincement, la porte s'ouvre sur une pièce sombre. Il n'y a rien qu'une table de bois entourée de deux coffres ciselés. Des flambeaux jettent des ombres mouvantes sur le sol et les murs faits d'énormes pierres grises. Aucune trace des deux hommes que nous avons entendus. Nous avançons d'un pas, puis de deux. C'est le moment que choisit la porte pour se refermer sans bruit ! Nous ne pouvons plus reculer.

Elle ne se distingue même plus du mur.

Pas même un soupir ne pourrait s'y faufiler...

Chapitre vingt-sept : où le lecteur, angoissé, suit nos deux héros dans les geôles du château

- Allez viens !

Aymeric me prend par la main.

Ses doigts sont longs et fins. Doux, mais meurtris de dizaines de petites coupures ! Le travail du verre n'est pas sans danger pour les mains !

Il nous mène de l'autre côté de la pièce, flanquée d'une porte en bois elle aussi.

Une porte normale, qui s'ouvre sans difficulté malgré son poids.

- Si nous parvenons à nous glisser à l'extérieur, nous pourrons nous mêler à la foule des petites gens, m'explique Aymeric. Mais auparavant, nous devons trouver mon père.

C'est à mon tour de lui serrer le bras.

- Ce n'est pas une bonne idée ! Mieux vaut d'abord nous rendre à l'atelier de messire Raynard, je t'assure ! Nous allons lui jouer un bon tour et ton père sortira de prison ! Fais-moi confiance !

Aymeric hésite !

Pourquoi ferait-il confiance à une garce de mon âge, comme il dirait sûrement? Une gamine qui apparaît, disparaît, qui se balade avec des trucs limite sorcellerie ?

Je lis tout ça dans ses yeux. Avec inquiétude.

Il finit par acquiescer.

- Bien. Essayons de trouver la sortie sans nous faire remarquer. Nous sommes sans doute dans les parties les plus basses du château. Il doit exister des portes menant aux basses ou hautes cours ou à la seconde enceinte. L'ennui, c'est qu'elles doivent être gardées.

- Nous verrons bien...

Nous longeons un étroit couloir hérissé de flambeaux. Tout est silencieux autour de nous.

Jusqu'à ce qu'un cliquetis se fasse entendre. Aymeric me pousse dans un recoin. Deux soldats passent devant nous en devisant.

- Messire d'Orval n'a pas traîné ! C'est ce soir qu'on juge le sorcier !

- Heureusement ! On ne devrait même pas les juger, ces bêtes-là ! rétorque l'autre en se signant.

- Un seul coup d'épée suffirait à les renvoyer chez leur maître ! Souviens-toi ! C'est à cause de ces maudits adorateurs de...

- Chut, tu es fou ? Il est des noms qu'il vaut mieux ne pas prononcer.

- Tu as raison. N'empêche qu'on leur doit toutes ces calamités qui affligent la région. Messire d'Orval aura été bien avisé d'y mettre fin de la façon que l'on sait, quoi qu'en dise l'évêque !

Leurs propos se perdent au détour du couloir dans un ultime cliquetis de bottes ferrées.

Métal contre métal.

Tout redevient silencieux.

Seule la respiration de plus en plus forte d'Aymeric rompt le silence. Et les battements de mon propre cœur.

- Nous ne pouvons plus attendre : ils vont juger mon père ! Je dois y aller !

Je réfléchis un instant.

- Écoute ! Maître Raynard assistera sûrement au procès. Ce qui me permettra de pénétrer tranquillement dans son atelier. Toi, va voir ton père. Tu pourras certainement témoigner en sa faveur.

Je me souviens que dans les minutes du procès, celles que j'avais pu lire après la visite de monsieur Corentin, Aymeric était intervenu pour défendre son père. En vain, d'accord, mais il était présent.

- Tu dois t'arranger pour convaincre messire d'Orval et les juges de se rendre à l'atelier ! Il y va de la vie de ton père alors débrouille toi !

- Hé, marmousets ! Que faites-vous là ?

Moi qui ne suis pas douée en sports (On ne peut pas être douée partout comme dit maman pour me consoler !), je t'avoue que j'ai bondi d'au moins deux mètres, bon j'exagère mais quand même, quand j'ai entendu cette voix. Une voix ? Un coup de gong, oui, un roulement de tonnerre, ou plutôt le craquement de la foudre quand elle tombe sur un arbre !

Grosse frayeur! S'il n'y avait eu que la voix, encore ! Mais il y avait le bonhomme ! Un géant, un ogre en armure, une sorte de robot tout en ferraille avec l'air intelligent d'un Pitbull.

Le monstre touche presque le plafond de briques avec son heaume relevé sur le crâne !

- Allons ! s'écrie Aymeric !

Je m'apprête à faire demi-tour pour prendre le large quand je m'aperçois que si Aymeric a crié « Allons ! », ce n'est pas pour aller dans la direction opposée au géant mais pour lui foncer dans les jambes ! Il est déjà à mi-chemin quand j'en prends conscience ! Le géant a l'air aussi surpris que moi ! Sa main gantée et cloutée repose sur le pommeau de sa lourde épée mais il ne fait pas mine de bouger, se contentant d'observer le gnome hurlant qui court vers lui ! Sa surprise est double quand je me mets à faire de même ! Aymeric percute le géant à toute vitesse. Moi, je parviens à lui passer entre les jambes. Nous tournoyons comme des toupies, dans un grincement d'armure et notre trio s'en va cogner contre le mur. La tête du géant percute la brique et le heaume lui retombe sur le nez dans un claquement sec.

- À moi la garde ! se met à hurler le monstre de métal.

Mais Aymeric et moi nous sommes déjà relevés, et détalons à travers le couloir ! L'autre, empêtré dans son armure gigote sur le pavé comme un gros scarabée qui se serait retrouvé sur le dos. J'ai l'impression d'être cassée de partout, je dois être couverte de millions de bleus, d'ecchymoses et de tout ce qui va avec ! En temps normal, il y a longtemps que je serais partie en hurlant, en pleurant, tu m'aurais vue sauter partout, appeler à l'aide, taper Police Secours sur les touches du téléphone. Là, je n'y songe même pas! Je ne pense qu'à courir droit devant moi, à m'éloigner des grincements qui font rage dans mon dos !

- S'il était là, c'est qu'il y a une porte pas loin !

Aymeric ne répond pas se contentant d'un geste que j'interprète comme un « oui ».

Et en effet ! Elle se trouve là, à notre droite. Aymeric l'ouvre d'un coup de pied. Nous nous ruons à l'extérieur...

Enfin presque.

À l'extérieur du couloir.

Mais pas à l'extérieur du château.

Tant pis ! Nous n'avons plus le temps de revenir en arrière

Nous nous engouffrons dans un étroit boyau qui sent le moisi, l'humidité, le bois en automne. Le salpêtre a envahi le bas des murs. Nous courons à perdre haleine. Et débouchons sur une salle circulaire qui ne va pas sans rappeler la crypte que je découvrirai dans quelques siècles. La salle est percée de portes grillagées.

- Par la Malemort ! Des geôles, murmure Aymeric...

Il y en a une dizaine. Il règne une odeur épouvantable. Je ne suis pas loin d'avoir envie de rendre mon déjeuner. Heureusement, il y a des heures et des heures que je n'ai rien mangé ! À cette pensée, mon estomac commence à me tirailler, à gémir, à crier famine ! Mais voilà qu'à l'idée même d'avaler quoique ce soit, je suis prise de nausées !

- Mon père est sûrement là !

Aymeric s'est précipité vers l'une des portes de fer, agrippant les barreaux d'une main ferme.

Un épouvantail tente alors de lui saisir la main.

Ce n'est plus un homme. Il a le visage mangé par une barbe sale, hirsute, le cheveu en broussaille. Une cicatrice lui barre la main, il est vêtu d'oripeaux qui laissent apparaître un bras, une cuisse, un morceau de torse rougi...

- Haaaa... Haaaa...

Aymeric recule.

- Que Diable !

À ces cris, d'autres prisonniers se sont approchés, tendent leurs poignets meurtris à travers les barreaux.

- Messire ! De l'eau par pitié !

- Messire, ayez pitié !

Là, c'est trop ! Je me souviens tout à coup que je suis une petite fille de douze ans. Je me prends à espérer que là-haut, au XXIème siècle, Jeanne va laisser s'éteindre le bâtonnet d'encens qui me retient prisonnière ici. Qu'elle va s'endormir (après tout, quelle heure est-il, là-haut ?), que je vais voir le monde se brouiller tout autour de moi, et que je vais me retrouver contre mon coin de rocher, au cœur du bois des Maures.

Hélas... Mes larmes se mettent à couler. Je n'ai même pas la force de pleurer, mais elles coulent toutes seules, en silence, le long de mes joues.

J'aimerais tellement être ailleurs !

J'ai bien la vue qui se brouille, je reprends espoir, mais... Mais ce ne sont que les larmes qui perturbent ma vision.

- Père ! Père !

- Mon fils !

Les cris me tirent de mon chagrin.

Clément et Aymeric sont face-à-face, leurs longs doigts s'entremêlent.

- Ottavia ! Mais, que faites-vous ici, tous les deux ? C'est pure folie !

Je me souviens soudain de la raison de notre présence ici, de la raison de MA présence en ce lieu sordide.

- Vous allez être jugé séant, père ! s'exclame Aymeric.

- Comment ? Mais c'est impossible !

J'interviens.

- Aymeric dit vrai. Nous l'avons entendu de la bouche même de messire d'Orval. Tout comme nous savons que c'est maître Raynard qui vous a dénoncé ! Il vous jalouse.

- Raynard ? Mais...

- C'est aussi lui qui avait dénoncé les agissements des parents de Thibaude et des leurs. Il l'a reconnu ! Cet homme ne mérite pas de vivre ! s'emporte Aymeric.

- Garde la haine loin de ton cœur, mon fils ! Elle reprend souvent au prix fort ce qu'elle te donne.

- Mais père !

- Aymeric ! Ton père a raison ! Il nous faut garder notre calme ! Rappelle-toi qu'on doit nous rechercher dans tout le château à présent. Maître Clément ! Vous devez faire en sorte que messire d'Orval se rende au plus vite dans l'atelier de maître Raynard. Il y va de votre vie ! Je vous en prie, ayez confiance.

Maître Clément me dévisage un instant, puis son regard se porte sur Aymeric.

- Très bien. Mais que dois-je lui dire ?

- Que vous avez la preuve que maître Raynard converse avec les forces du Malin, et que vous pourrez le prouver s'il lui plaît de vous suivre en son atelier. Je m'occupe du reste !

- Toi ? Mais tu...

- Je ne suis qu'une garce, je sais. Mais là d'où je viens, on est vachement plus mâtures que vos gamines d'aujourd'hui !

Clément me considère comme si je venais de gober une grenouille dont seules, les pattes arrière, dépasseraient de ma bouche.

- Tes propos sont fort étranges et je ne les comprends pas tous, mais je te fais confiance. À présent, partez tous les deux!

Au loin, des clameurs se font entendre. Des cliquetis de pas empressés également.

Les cris des prisonniers se font eux aussi plus pressants, plus forts. Clément doit hausser la voix à son tour.

- Repartez d'où vous venez. Après une dizaine de pas, à main droite, vous trouverez une trappe au bas du mur. C'est par là que nos geôliers se débarrassent des restes. Elle est étroite, mais vous n'êtes point épais ! Un conseil : partez les pieds en avant ! Allez, faites vite !

Nous nous précipitons vers le goulet, découvrons sans peine l'ouverture dans le mur. Un air frais s'en dégage, un air qui rappelle le grand air ! Après toute cette journée passée de souterrains en couloirs ténébreux, ce souffle me regonfle le moral comme il gonflerait un ballon de baudruche.

- J'ignore pourquoi il a précisé que mieux valait s'y engouffrer « les pieds devant » s'interroge Aymeric.

Je ne sais pas, mais je n'ai pas envie de le demander à nos copains, là derrière !

Et je me glisse dans l'étroit vide-ordure médiéval.

Chapitre vingt-huit : dans lequel il est question d'une rencontre inattendue dans un cloaque sans fond

Je n'ai jamais aimé les toboggans ! Enfin, les petits, dans les jardins publics, ça passe encore. Mais les autres, tu sais, ceux qu'on a trouvé malin de planter sur les bords des piscines et autres parcs aquatiques, les espèces de longs tuyaux transparents qui n'en finissent plus de t'envoyer rouler et bouler jusqu'à la chute finale dans une eau à 27 degrés et pleine de chlore.

Eh ! bien, là ! Je suis servie ! Elle doit être belle la huitième merveille du monde, sa besace agrippée sur son ventre (autrement, je ne passais pas par l'orifice), hurlante et fonçant à deux cents à l'heure dans un toboggan à la fois rugueux, rien à voir avec le plastique d'un toboggan, d'un vrai, et gluant, un toboggan tout noir en plus ! Je pousse des hurlements à m'en décrocher la mâchoire et c'est à une vitesse phénoménale que je me retrouve expulsée à l'air libre. Oh, pas longtemps ! Quelques secondes ! Qui me permettent de prendre une goulée d'air avant de percuter la surface de l'eau ! Quelques secondes au cours desquelles je lâche ma sacoche qui s'envole je ne sais où...

Je n'entends même pas l'énorme plouf que produit mon corps au moment de la collision ! Même pas ! Je me retrouve dans une espèce de marmite saumâtre pleine de détritus, de trucs vaseux, de machins flasques, de peaux de bêtes, de morceaux de bois, de vestiges pas ragoûtants : je te jure, c'est dégueu-sale comme dirait papa !

Quand je refais surface, toussant, crachant, râlant, gigotant, soufflant, je me retrouve nez à nez avec Aymeric, qui tousse, crache, râle, gigote et souffle tout autant que moi.

Et disparaît.

Pour réapparaître.

Toussant, crachant. Haletant.

Puis il disparaît de nouveau !

Je comprends enfin : Aymeric ne sait pas nager. Ils étaient peu nombreux à savoir nager à l'époque.

Je n'ai peut-être pas eu l'occasion de te le dire, mais si je suis nulle en sport, ce n'est pas le cas en natation ! Sans vouloir me vanter, je me débrouille plutôt bien ! Je fais même l'admiration de papa ! Si, il me l'a dit ! D'accord, il ne lui en faut pas beaucoup pour trouver en moi un nouveau motif d'admiration, mais il le répète à chaque fois que le sujet revient sur le tapis... de bain !

Reste que nager au milieu d'un trou d'ordures et avec ses habits n'a rien à voir avec une petite brasse pépère en maillot dans une piscine aménagée !

Franchement. Pieds en avant ou tête baissée, je ne vois pas ce que ça aurait changé finalement !

Malgré mon dégoût, je plonge.

En direction de l'endroit où Aymeric s'est débattu puis a coulé.

Je n'ose pas ouvrir les yeux.

Ma main tâtonne, se referme sur un manche d'outil brisé, se coltine avec des bouts de toile huileux.

Je remonte à la surface, histoire de reprendre mon souffle. Puis replonge.

Cette fois, je suis bien obligée d'ouvrir les yeux.

Et je finis par le repérer.

Le malheureux Aymeric gesticule dans tous les sens, ce qui ne l'empêche pas de couler.

Heureusement, il n'est pas bien lourd.

Je parviens à l'attraper par une manche.

À la télé, ça paraît facile de sauver quelqu'un de la noyade ! Je peux te dire que c'est pipeau !

Aymeric se débat, je ne sais même pas s'il s'est rendu compte que je tentais de le sauver !

Il m'agrippe, s'accroche à ma blouse.

Il m'entraîne avec lui. Je tente de le repousser ! En vain ! Il est trop fort.

J'essaie alors de battre les jambes, de nous propulser vers la surface.

J'y arrive un peu, mais je fatigue vite. J'ai besoin d'air.

Mais tu me croiras si tu veux, durant ces longues secondes, je n'ai même pas le temps d'avoir peur ! Trop occupée sans doute à essayer de survivre !

C'est alors que je vois une forme se profiler vers nous, à toute vitesse, à travers les eaux glauques.

Une forme humaine, qui nous repousse violemment vers la surface toute proche mais jusqu'alors inaccessible.

Et nous nous retrouvons de nouveau crachant, soufflant, ahanant, battant l'eau des pieds et des mains. Aymeric est soutenu sous le menton d'un bras ferme.

Le bras de... Le bras de... Jeanne ?

Chapitre vingt-neuf : dans lequel nos héros tentent de comprendre les mystères de la vie

- J'étais trop inquiète. Je ne pouvais pas attendre plus longtemps !

Nous sommes assis contre une cahute de bois où s'empilent divers outils de jardinage et où un bahut rempli de linge élimé achève de s'affaisser...

De l'autre côté de la première enceinte s'étalent quelques maisons, boutiques ou commerces.

Certaines bâtisses sont en pierre de taille, d'autres en torchis ou en pisé. Certaines des couvertures sont faites de tuiles plates, presque les mêmes que celles que nous utilisons de nos jours, mais la plupart est en planchettes.

La lumière du soir pénètre par de larges fenêtres recouvertes de toiles huilées, parfois de simple papier. Les volets de bois plein sont encore ouverts à cette heure mais de la fumée s'échappe déjà de plusieurs maisons. L'heure du dîner approche comme me l'indique mon estomac dans un concert de gargouillis.

Dans les rues étroites, des cochons et des chiens, mais des poules et des canards aussi, finissent quant à eux de débarrasser la table ! Je les regarde presque avec envie se disputer les immondices jetées là par les humains.

Après avoir ôté nos vêtements trempés, nous nous sommes enveloppés dans des couvertures de serge trouvées dans la cahute. Puis, après nous être frictionnés, nous avons enfilé de nouveaux vêtements dénichés dans cette véritable caverne d'Ali Baba faite de planches grossières assemblées n'importe comment. Aymeric et moi avons enfilé des braiels que nous maintenons à la taille par une grosse ficelle, ainsi que ce qu'Aymeric appelle des bliauds, qui ressemblent fort aux blouses que portaient nos grands-parents.

Jeanne, elle, a dégoté une chemise en toile grossière, à manches longues, qui lui tombe jusqu'aux chevilles. Aymeric lui a tendu un doublet (en fait, une sorte de gilet) puis un surcot tout taché.

Tous trois avons chaussé des brodequins épais bien trop grands pour nous.

Quand nous nous découvrons pour la première fois ainsi accoutrées, Jeanne et moi éclatons de rire sous le regard étonné d'Aymeric qui finit par se laisser gagner par notre bonne humeur.

Entre nous repose mon havresac éjecté au moment de mon entrée triomphale dans la fosse à ordures du château. Par chance, la lanière de cuir est restée accrochée à une pique de fer dépassant du mur de moellons. C'est Jeanne qui, après nous avoir tirés de l'eau, a de nouveau plongé (enfin, plonger est un bien grand verbe) pour aller le récupérer. Son contenu, protégé par un sac en plastique, n'a visiblement pas trop souffert de l'humidité. Ouf !

- Tu comprends, le temps passait. Les bâtonnets d'encens se consumaient les uns après les autres. Tu ne te réveillais pas. Te savoir seule ici... Je me demande d'ailleurs comment moi, une adulte, j'ai pu te laisser faire ça ! C'est de l'inconscience ! Je n'aurais jamais dû ! Qu'est-ce que j'aurais pu dire à tes parents s'il t'était arrivé quelque chose ? Si tu t'étais noyée ici ? Que serais tu devenue, là-bas ? Enfin, ici ?

Jeanne est dans tous ses états.

Je la comprends.

C'est vrai que je l'ai mise dans une situation inconfortable.

- Alors, je suis toujours là-bas ? Je me suis toujours demandé...

- Ton corps est resté au XXIème siècle. Tu parais dormir.

- Mais là aussi j'ai un corps, j'ai mon corps ! Je suis vivante et bien vivante ! Mieux, j'ai réussi à emporter ça avec moi !

En disant cela, je lui montre du doigt mon havresac de cuir racorni.

Jeanne hausse les épaules.

- Nous avons affaire à une magie très puissante, crois-moi.

- Une magie ?

Aymeric a sursauté.

Jeanne et moi parlons comme s'il n'existait pas.

C'est pas sympa.

- Oui, mais une bonne magie, ne t'inquiète pas. Et c'est grâce à elle que nous allons sauver ton père !

Je me tourne de nouveau vers Jeanne.

- Au fait, vous ne m'avez pas dit comment vous aviez pu me rejoindre ici ?

- J'ai simplement pris l'anneau que tu portais au doigt. Bien sûr, j'ai dû le glisser à mon auriculaire mais...

- Voilà pourquoi je ne l'ai jamais quand je suis ici ! La première fois, je croyais l'avoir perdu.

Jeanne me présente son auriculaire. Pas la moindre trace de l'anneau.

Ce qui m'étonne, c'est que je n'ai pas été rapatriée au XXIème siècle quand elle l'a enlevé de mon doigt.

Je lui fais part de ma réflexion. Elle réfléchit un instant, le regard rivé de l'autre côté de l'enceinte, vers les bois où s'érige l'église de messire d'Orval.

- Peut-être l'anneau est-il simplement un vecteur, une porte si tu préfères. Ou bien est-il toujours lié à celui qui le porte ici ? Ne trouve-tu pas étrange que je sois arrivée pile à l'endroit où vous vous trouviez, Aymeric et toi ? Son anneau doit attirer son double malgré la, heu... la distance qui les sépare ! Peut-être est-ce l'encens qui agit. Je ne sais pas. Quant à l'ubiquité...

- L'ubiquoi ?

- L'ubiquité. C'est le fait de pouvoir se trouver à deux endroits en même temps. On appelle aussi ça la bilocation.

- Ça n'existe pas l'ubi machin-chouette !

- Détrompe-toi ! Certains saints avaient la capacité, paraît-il, d'apparaître à deux endroits différents au même moment. C'est ce que l'on appelle la bilocation, ou le don d'ubiquité. Mais je n'ai jamais entendu parler d'une telle chose à deux époques différentes en même temps.

- Vous croyez qu'ils auraient eu en leur possession un anneau comme celui-ci ?

- Hé bien... Pourquoi pas, après tout ? Tu sais ce que dit ton père !

- Je sais ! Enfin, c'est pas mon père qui le dit, c'est Shakespeare !

- Tu as raison, rendons à César... Bref, j'ai enfilé l'anneau et je me suis retrouvée dans les cuisines du château, juste au-dessus de cette fosse à ordures! Je peux te dire que la pauvre femme occupée à plumer un paon est devenue blanche comme un linge et a poussé un cri qui résonne encore dans mes oreilles. J'ai couru vers la fenêtre et c'est là que j'ai vu deux masses gesticulantes projetées entre ciel et mare, si je peux dire ! Comme vous paraissiez avoir des difficultés, j'ai plongé malgré l'aspect peu ragoûtant de ce joli plan d'eau !

- Merci, Jeanne. Tu nous as sauvé la vie !

- Ce devait être écrit, philosophe-t-elle en haussant les épaules.

- Nous devons faire vite ! Père va être jugé dans l'heure, s'impatiente Aymeric.

Je lui serre la main.

- Tu as raison.

Puis, me tournant vers Jeanne.

- Je suppose qu'il n'y a plus personne pour s'occuper des bâtons d'encens ?

Jeanne secoue la tête.

- Leur combustion est très lente mais nous ne devons pas traîner. J'en ai lié trois entre eux.

- Aymeric, le procès va se tenir dans la salle commune du château. Tu vas y aller. Toi et ton père, vous devez vous débrouiller pour attirer messire d'Orval chez maître Raynard. Mais avant, tu dois m'indiquer où se trouve son atelier.

Aymeric pointe son menton vers la première enceinte.

- Tu vois ces quelques maisons, là-bas ? À main gauche, se trouve un atelier assez vaste. C'est celui-ci.

- Je pense qu'à cette heure il n'y aura personne ; d'autant que Raynard doit se faire un plaisir d'assister au procès de ton père.

Aymeric me serre dans ses bras.

J'en deviens toute rouge.

Heureusement, les copines ne sont pas là.

Jeanne sourit, attendrie.

- Allons : il n'est que temps! lance Aymeric. Bientôt complies...

Et il file le long du mur qui se dresse, menaçant, vers le ciel du soir, un ciel encore bleu que déchirent, comme de cruelles blessures, les longues et saillantes estafilades rouge sang annonciatrices de la nuit future.

Jeanne ajuste le havresac de cuir sur son dos.

- À nous deux maître Raynard !

Chapitre trente : où notre héroïne réalise un véritable chef-d'œuvre tout en mastiquant du chewing-gum

Nous traversons sans problème la première enceinte, accompagnées des caquètements des poules et des « léon » angoissés de quelques paons désœuvrés. Nous passons devant une taverne étonnamment silencieuse mais sous la fenêtre de laquelle un garçon tend aux passants un broc de vin. Nous croisons deux femmes s'en revenant de la fontaine, en grande discussion. Un marchand de paniers interpelle une dernière fois la rue peu animée puis, d'un pas lourd, s'en retourne fermer le volet de sa boutique.

Il fait de plus en plus sombre.

Nous n'avons plus l'habitude, à notre époque, de nous laisser gagner par l'obscurité.

Jeanne m'explique qu'au moyen-âge, s'éclairer coûte très cher.

Les activités s'arrêtent à la tombée de la nuit, même sur les chantiers les plus prestigieux.

- Les corporations du bâtiment interdisaient le travail de nuit à leurs compagnons, non seulement pour éviter l'exploitation des ouvriers (mais oui !) et les malfaçons dues à la mauvaise visibilité mais aussi à cause des risques d'incendie qui étaient nombreux. Tu sais, on ne s'éclaire qu'à l'aide de torches, de cierges de cire pour les plus riches, des chandelles de suif pour les plus pauvres. Tu sais ce que c'est que le suif ?

- Pas trop, non.

- Il s'agit de bougies faites à base de graisse d'animaux, notamment de ruminants comme les vaches... Le suif est également beaucoup utilisé en sorcellerie dans les campagnes.

- Beurk ! Bonjour l'odeur !

- Beurk ! Comme tu dis !

Nous approchons de la seconde enceinte, constituée de hauts murs de pierres à travers laquelle s'ouvre une porte en ogive assez haute pour laisser passer le cheval de Troie ! Nous apercevons deux hommes en armes qui vont et viennent sur le dallage, la hallebarde sur l'épaule. Quand nous arrivons à leur hauteur, ils nous détaillent des pieds à la tête, laissent échapper un commentaire que nous ne comprenons pas et éclatent de rire.

Je reconnais que j'ai eu un petit pincement au cœur en passant sous l'arche de pierre et de bois.

Je croise le regard de Jeanne. Visiblement, elle aussi a retenu son souffle en songeant aux diableries qui brinquebalent sur son dos.

Nous nous dirigeons à présent vers la première enceinte. Celle-ci est protégée des attaques extérieures, fréquentes à cette époque, par une palissade et un large fossé rempli de ronces. Là, il y a beaucoup plus d'animation. Des soldats veillent sur la vallée, dans la crainte de voir surgir une de ces bandes de soudards, brigands sans foi ni loi qui écumaient les campagnes à l'époque, se vendaient au plus offrant, Bourguignons ou Anglais. Car nous sommes en 1347 et cela fait dix ans tout juste que l'émissaire du roi d'Angleterre a déclaré la guerre au roi de France. Une guerre qui va durer non pas cent ans mais cent vingt ans comme nous l'a expliqué madame Buil!

L'atelier de maître Raynard est adossé à la première enceinte.

Il est très vaste, tout en briques et en larges fenêtres à travers lesquelles on perçoit les formes immobiles de ses plans de travail et de larges bandes de verre multicolores. Un verre sans doute soufflé dans une des verreries des environs : il en existait une à une cinquantaine de kilomètres d'ici, je le sais car maman m'y a emmenée un jour.

Oh, il n'en restait pas grand-chose, hormis le nom. C'était un lieu-dit, comme on dit. À peine recensé sur la carte d'état-major. Verrières. C'est le nom qui était donné à cette parcelle de forêt domaniale. Qui aurait pu deviner que cet entrelacs d'arbustes et de buissons, de monticules terreux traversés par les vestiges d'un ruisseau à moitié dévoré par les herbes hautes avait été des siècles auparavant, une véritable verrerie s'étendant sur plusieurs hectares ?

Nous avions pénétré dans une sorte de cave en briques, retrouvé des éléments de fonds de cuve qui avaient tout excité maman ! Il restait collé, sur ces blocs de maçonnerie lisses et incurvés, des petits morceaux de verre fondus qui avaient mis maman dans un drôle d'état.

- C'est dans des cuves comme celle-ci que l'on fabriquait le verre, m'avait-elle expliqué. Regarde autour de toi. Que vois-tu ?

Je m'étais retournée et consciencieusement, avait observé l'alentour. Un terrain en pente, des trous un peu partout, des monticules de terre d'où jaillissaient des morceaux de silex, mais aussi des tuiles plates et des restes de briques. Des fougères et encore des fougères. Les rives du ruisseau à moitié comblé par les siècles. Et des arbres partout.

- Bien ! Observe le sol à présent.

Je m'étais agenouillée, avait gratté un peu. De la terre noire, mais aussi du sable. Beaucoup de sable !

- Tu sais de quelle manière on obtient le verre ? m'avait-elle demandé.

Je m'étais bornée à secouer la tête.

- Avec du sable – de la silice - et des fougères. Le fabriquer nécessitait également de grandes quantités de bois à brûler, ce qui explique que les verreries s'installaient souvent à proximité des forêts.

- On dirait qu'il n'y a personne, chuchote Jeanne en scrutant les silhouettes sombres et immobiles de l'autre côté des épaisses vitres au verre dépoli. La main repliée au-dessus des yeux, je tente également de deviner un mouvement. Rien. L'atelier est adossé à la muraille de pierre, un peu à l'écart des autres habitations et des échoppes aux fenêtres devenues aveugles. On perçoit de temps en temps un rire étouffé, un éclat de voix ou les pleurs aigus d'un marmot.

La porte de bois, plus large que la plupart de celles que nous avons vues jusqu'ici, est soigneusement close.

- Essayons de pénétrer par derrière ! chuchote Jeanne. Il ne nous reste plus beaucoup de temps !

Nous contournons la bâtisse. Il existe juste un petit espace de quelques mètres carrés, comme une minuscule courette, entre les moellons et le fond de l'atelier. Je parviens à m'y glisser, y déniche une porte étroite, basse, faite d'un cadre de chêne et d'une plaque de verre. Elle n'a pas dû servir depuis longtemps car elle est bloquée par des monceaux de gravats en tout genre, des pavés, des bouts de ferraille. J'y trouve même les vestiges d'un coffre où s'entassent des couvertures de laine humides et moisies, des oripeaux qui sentent la patate pourrie et d'autres trucs indescriptibles. La porte refuse également de s'ouvrir. Comment entrer là-dedans sans se faire remarquer ? Et surtout sans que l'on remarque ensuite l'effraction ?

J'entends Jeanne s'impatienter derrière moi. Elle guette le moindre mouvement dans la ruelle étroite et tortueuse qui remonte vers le château. La nuit l'a emporté sur le jour et l'on ne distingue plus les silhouettes des gardes veillant sur la seconde enceinte.

Il me faudrait...

Un coupe-verre !

Je sais pourquoi j'ai emporté mes coupe-verre, enfin, ceux de maman, avec leur réserve à white-spirit !

Je plonge la main dans le havresac, que Jeanne porte toujours en bandoulière, cherche, cherche encore. Une suée… Finalement, je saisis un instrument effilé, tout en expliquant mon idée. Mais n'en trouverai pas d'autre. Sans doute est-il tombé au moment où j'ai sorti ma torche, dans le souterrain. Et sans doute le retrouverai-je dans sept cents ans !

Jeanne interrompt le fil de mes interrogations.

Elle hoche la tête mais souligne que si le verre tombe et se brise ça fera autant de raffut que si l'on se bornait à donner un coup de pied dans la porte.

Elle a raison ! Ce n'est pas l'envie qui me manque de donner un coup de pied à cette serrure qui semble me narguer de son œil rond. La clé est à l'intérieur, fichée dans l'huis, je la vois, elle est aussi longue que celle de notre cave ! Rien à faire pour l'atteindre.

Jeanne me tire par la manche.

- Mâche me dit-elle. J'en ai un autre paquet, je vais faire pareil !

Elle me tend un paquet de chewing-gums à la fraise.

- On va coller les chewing-gums sur la vitre. Avec un peu de chance, ça empêchera les vibrations puis le verre de tomber !

- Jeanne vous êtes géniale ! C'est quoi votre vrai métier ? Bandit ?

Je me mets aussitôt au travail, mastiquant, mâchant, ruminant, un, puis deux, puis trois, puis tout le paquet de chewing-gums. Pendant que le goût de la fraise chimique m'envahit la bouche, je trace d'une main moins ferme que je ne le voudrais un cercle tout près de la serrure de la porte.

Tu sais, réaliser un cercle parfait au milieu d'une feuille de verre puis l'ôter sans briser le reste est très délicat, très difficile. D'ailleurs, dans le jargon des maîtres verriers, on appelle ça réaliser un « chef-d'œuvre ». Cela demande beaucoup de minutie. D'abord, pour tracer le cercle d'un seul geste, histoire d'éviter les éclats qui pourraient se propager au reste du panneau de verre. Puis, pour le détonner, c'est-à-dire donner de petits coups fermes tout autour de la circonférence du cercle que l'on vient de tracer au coupe-verre pour le détacher de l'ensemble. D'habitude, quand on se lance dans la fabrication d'un chef d'œuvre, on a l'autre main de l'autre côté de la feuille de verre, ce qui limite les vibrations susceptibles de tout faire exploser. Là, je n'ai pas ce garde-fou.

Je crains à tout instant de passer à travers la vitre. Le coupe-verre crisse sous ma poussée, pénétrant légèrement le verre du mieux que je peux. Les non-initiés disent souvent que l'on coupe le verre. En fait non. On l'entame simplement, il n'y a pas besoin de trop appuyer.

Si l'on entend un petit crissement, c'est bon signe !

On appelle ça faire chanter le verre !

J'aime bien cette expression ! C'est poétique, tu ne trouves pas ? Bon, là, il chante, le verre, mais il paraît plus épais que ceux qu'on utilise d'habitude. Contrairement à ce qui se pratique (maman serait folle si elle me voyait repasser de nouveau sur ma première coupe !), je décide de recommencer dans le sillon que je viens de tracer.

Sans m'en apercevoir, je me suis transformée en éponge.

« Mesdames et messieurs, soyez les bienvenus au moyen-âge, entrez, entrez mesdames et messieurs, venez admirer notre attraction unique au monde, que dis-je, unique dans l'Univers et même plus encore, mesdames et messieurs, sous vos applaudissements, Ottavia, la huitième Merveille du Monde, la Fille-Éponge, qui sous vos yeux éblouis, va essayer, je dis bien essayer tant la manœuvre est périlleuse, délicate, impossible, aux confins de l'irréel, essayer d'effectuer un mais oui, vous m'entendez bien, un chef-d'œuvre sur une porte de verre médiévale épaisse comme, mais j'en perds mes mots mesdames et messieurs, observons plutôt en silence cet exploit unique je vous le rappelle... »

Les yeux me piquent. J'ai la bouche pâteuse, la langue gonflée à force d'avaler ma salive.

Je caresse d'un doigt les rebords de la blessure que je viens d'infliger au verre. Une perle de sang apparaît sur mon index !

Quelle andouille je fais !

Un à un, je retire les chewing-gums de ma bouche et les colle sur le cercle que je viens de réaliser. Jeanne fait de même. En quelques secondes, nous venons de doter le cercle de verre d'une sorte de queue de cochon de pâte à mâcher (ou plutôt de pâte mâchée, beurk et re-beurk !) que j'attrape de la main gauche. Puis, je déchire un morceau de ma blouse, en enveloppe l'extrémité du coupe verre qui se termine par une sorte de marteau métallique et commence à donner de petits coups secs et fermes là où un peu plus tôt j'ai coupé le verre.

L'opération me paraît durer des heures. Mon cœur s'est lancé dans un rap assourdissant qui couvre bientôt les claquements étouffés du métal contre le verre, à peine étouffés me semble-t-il par mon carré de tissu. J'ai l'impression que tout le monde à cent mètres à la ronde doit m'entendre. Je le dis à Jeanne, qui m'assure que non.

Finalement, je sens au bout des doigts comme un signal. J'appuie légèrement sur ma « poignée » en chewing-gum, perçois quelques grincements, quelques grattements, quelques crissements. Je vérifie que la base de ma pyramide de pâte à mâcher est bien collée au verre, tire délicatement tout en retenant mon souffle.

C'est alors que du plus profond de mon estomac jaillit un hurlement, un cri douloureux qui déchire la nuit ! C'est mon ventre qui crie famine et pour un peu, j'en lâcherais mon chef-d'œuvre !

Toute tremblante, je parviens à enlever le disque de verre et le pose sur le tas de gravats. Ma main se glisse à travers l'ouverture, trouve la clé, la tourne. En un instant, nous nous retrouvons dans l'atelier.

La lampe torche a définitivement rendu l'âme.

C'est à la lueur tremblante du briquet de Jeanne (hé oui, elle fume elle aussi, détestable manie !) que nous nous déplaçons, prenant garde de ne pas nous couper à la pointe effilée des panneaux de verre colorés dont certains dépassent dangereusement de leurs casiers de rangement.

Maître Raynard est également un grand artiste, pour autant que nous puissions en juger à la flamme insaisissable du briquet que Jeanne est obligée, de temps en temps, d'éteindre pour ne pas se brûler.

Mais il y a dans ses panneaux une dureté qui n'existe pas dans ceux de Clément, des tonalités plus acides, plus vives, non, vives n'est pas le terme. Plus brutales, peut-être.

Toujours est-il que ces panneaux me mettent mal à l'aise ; ils me rappellent ces fresques monstrueuses vues, en rêve, dans l'église en cours de construction.

C'est Jeanne qui découvre l'endroit que nous cherchons.

Discret, un peu à l'écart, mais assez proche de la porte que nous venons d'emprunter pour que nous puissions mettre en œuvre notre stratagème.

Jeanne pose le sac de cuir à terre ; nous l'en débarrassons de notre trésor, que nous dissimulons dans un casier de bois, protégé, en partie seulement par une plaque de verre coloré. Nous procédons à quelques essais. Le plus délicat sera de nous en approcher discrètement pour le faire fonctionner.

- Ce ne devrait pas être trop difficile, estime Jeanne. Je pense que si tout se passe comme nous le souhaitons durant l'audience, il y aura foule tout à l'heure dans cet atelier. Ce qui devrait nous faciliter grandement la tâche. Sans compter l'obscurité.

- J'espère. Et j'espère que nous serons encore là à ce moment-là !

Le visage de Jeanne s'assombrit.

C'est de nouveau mon ventre gargouillant qui donne le signal du départ.

- Allons-y ! Nous devons trouver à manger ! Je n'en peux plus, reconnaît-elle.

- Et moi donc !

Nous repartons sur la pointe des pieds en prenant soin d'accoler une planche contre la porte où figure, en bonne place, mon premier chef-d'œuvre !

Chapitre trente-et-un : dans lequel nos héroïnes connaissent une frayeur rétrospective à la lueur des flambeaux

Nous remontons vers la taverne lorsque nous entendons des cris.

La sente est tout illuminée de flambeaux. Une masse mouvante qui se dirige vers nous après avoir franchi la seconde enceinte.

À son passage, des portes s'ouvrent, des hommes et des femmes sortent sur le pas de leur habitation, interrogent, s'interpellent.

- Ils ont réussi !

Jeanne me serre la main. Elle tremble. Je suis quant à moi tout excitée. J'en oublie ma fatigue et ma faim. Mes coupures, mes blessures et mes frayeurs. J'en oublie mes copines, le XXIème siècle. J'en oublierais presque papa et maman. Mais là, non, quand même pas. J'ai au contraire une pensée pour eux, là-bas. Quelle heure est-il au XXIème siècle ? À quelle vitesse les heures s'écoulent-elles, là-bas ?

- Viens, cachons-nous, nous essaierons de nous fondre dans la masse quand ils passeront devant nous !

Jeanne m'attire derrière un pan de palissade.

Nous nous retrouvons pataugeant dans une flaque de purin, sous le regard irrité d'un porc gros comme un camion.

- Huiiiiik ? interroge-t-il.

Je ne peux que lui répondre « Huiiiiik » ce qui le laisse sans voix.

Mais ne l'empêche pas de venir frotter son groin contre ma cuisse.

Je le repousse, agacée.

Deux hommes marchent en tête du cortège. Assez loin devant les autres, dont la masse ne cesse de croître tout comme les clameurs...

Le premier, c'est celui qui menait la chasse, le jour de ma rencontre avec le sanglier, dans la forêt toute proche. Messire d'Orval. Il parle avec animation. Avec un homme que je ne connais pas mais dont je reconnais la voix, entendue un peu plus tôt au château : maître Raynard. Il porte un flambeau qui illumine ses traits par moment, des traits fins, plutôt beaux. Il a une tête d'acteur de cinéma ! Mais rien à voir avec les méchants qu'on voit justement au cinéma ou à la télé !

Il n'a pas de barbichette en pointe, n'avance pas voûté en se frottant les mains comme le fourbe traditionnel ; c'est vrai que ça lui serait difficile vu qu'il brandit sa torche crépitante !

Les deux hommes avancent à grands pas.

Tous deux portent un manteau sans manche, brodé, fendu sur les côtés, blanc pour messire d'Orval, rouge pour maître Raynard, ainsi que des chausses hautes, maintenues par des jarretières brodées qui se découvrent à chaque mouvement. Le maître verrier porte des brodequins de cuir bleu, qui contrastent avec le rouge de sa tenue ; quant au seigneur, il arbore de grosses bottes montantes.

- Messire ! Pourquoi vous être plié aux exigences de ce suppôt de Satan ? Il se joue de vous pour gagner du temps, peut-être même pour tenter de s'ensauver ! Peut-être ses complices attendent-ils dans l'ombre le bon moment pour s'en venir nous trucider et repartir avec lui vers un de ces ronds de sorcière que l'on trouve en forêt !

- Si tel était le cas, il n'irait pas bien loin, crois-moi ! Hausse ta torche que je vois où je marche !

Les deux hommes arrivent à notre hauteur.

Ainsi, Clément et Aymeric sont parvenus à convaincre messire d'Orval de se rendre à l'atelier de maître Raynard.

Yes !

- Cet homme est le Diable ! Il doit l'être pour vous pousser ainsi à manigancer contre moi !

- Est-ce toi qui parle de manigances ? J'ai vu les regards que te jetaient certains vilains venus témoigner contre Clément ! Il semble toutefois que tu n'aies pu soudoyer tout le monde à entendre les cris de joie qui ont accompagné la demande du verrier !

- Comment pouvez-vous croire un instant...

- Je ne crois rien ! Ce que je vois, c'est que Clément est un homme estimé et que si je n'avais pas répondu favorablement à sa requête, qui sait ce qu'il serait advenu !

- Messire, que pensez-vous trouver en mon atelier ?

- Rien, bien sûr ! Mais toi ? Animal stupide ! Craindrais-tu quelque chose ?

- Je crains quelque diablerie, messire !

- N'aie crainte ! Dieu te protège ! N'es-tu pas l'un de ses plus dignes serviteurs ? Aie donc un peu confiance en Lui !

À ces mots, messire Raynard paraît se tasser.

Mais il se reprend aussitôt, murmurant, à voix assez haute pour que nous puissions l'entendre alors qu'il passe devant nous :

- Il me paiera cette humiliation au centuple !

Je ne sais s'il s'adresse ainsi à Clément ou à messire d'Orval.

Mais il n'a pas l'air de rigoler.

Quelques secondes plus tard, les premiers porteurs de flambeaux atteignent notre abri, suivis d'une foule gesticulante. Il y a là des magistrats aux longues robes rouges et or, affublés de curieux couvre-chefs, des prêtres à la tonsure constellée de petites croûtes qui forment comme des îles sur une carte marine, des paysans coiffés de bonnets bruns. Certains, peut-être gens de cour, arborent des manteaux semblables à celui de messire d'Orval, munis de capuchon, fermés sur la poitrine par des agrafes de métal ou des bijoux plus travaillés.

Malgré l'heure tardive, quelques femmes ont conservé leurs nattes. Maman m'a dit un jour que les femmes du moyen-âge gardaient les cheveux longs qu'elles n'hésitaient pas à rallonger avec des postiches empruntés à des cadavres ! Elles les tressaient en nattes, les relevaient en cornes ou en cadenettes sur les oreilles, les roulaient en chignon qu'elles emprisonnaient ou non dans des résilles. Beurk ! Tu imagines ? Des cheveux de cadavres ? Si ça se trouve, il y a quelques cadavres qui défilent sous mes yeux en ce moment même !

Heureusement, je n'ai pas trop le temps d'y penser.

Solidement encadré par des hallebardiers, les mains attachées dans le dos, vêtu d'une simple robe de bure et de chausses à semelles épaisses, maître Clément marche la tête haute.

La tête haute, mais visiblement désorienté. Bon, il faut se mettre à sa place aussi ! On ne lui a pas donné beaucoup d'explications et lui aussi doit se demander ce qu'il fait dans cette galère, si l'expression existe à son époque !

Derrière lui, marche Aymeric, l'air sombre, perdu dans la foule.

- Mon Dieu, cet homme...

Jeanne m'agrippe le poignet. Décidément, c'est le jour !

Je me tourne vers Jeanne. Elle a l'œil fixé sur Clément, la gorge nouée. Sa respiration se fait plus forte. La pression sur mon poignet également.

- C'est impossible, une telle...

Je n'entends pas la suite.

Le brouhaha enfle.

Jeanne et moi en profitons pour rejoindre le gros de la troupe et nous laisser porter jusqu'à la hauteur d'Aymeric. Je lui pince le bras, légèrement. Il se tourne vers moi, surpris, prêt à riposter d'une taloche mais laisse retomber son bras quand il me reconnaît.

- Ott...

Je ne lui laisse pas le temps d'en placer une.

- Chut, tout va bien. Essayons de remonter le cortège.

Nous accélérons la cadence, jouant des coudes et des mollets jusqu'à nous retrouver derrière le père d'Aymeric. Enfin, juste derrière les hallebardiers qui marchent en silence.

Nous arrivons enfin devant l'atelier.

Messire d'Orval se tourne vers Clément, vers la foule des magistrats, des prêtres et des manants.

- Maître Clément, c'est par indulgence exceptionnelle que nous avons accepté de suspendre séant notre audience. Il me plaît à croire que vous appréciez la bienveillance avec laquelle nous instruisons ce procès.

- Messire, j'apprécie ce geste à sa juste valeur. Il s'agit bien là d'un procès inique ! Je suis innocent des maux dont on m'accuse ! Ou plutôt devrais-je dire, dont m'accuse maître Raynard !

Le mis en cause en lâcherait presque sa torche !

- Vous outrepassez les bornes, maître Clément ! Veuillez me laisser en dehors de tout cela ! s'écrit-il en quêtant du regard l'approbation de messire d'Orval, lequel se garde bien de réagir. Il arbore plutôt un petit sourire amusé.

C'est à ce moment que se précipite une vieille femme. Elle bouscule un hallebardier au ventre rond comme une boule de bowling et se jette aux pieds de messire d'Orval.

- Monseigneur ! Il s'est passé d'étranges choses tantôt !

- Holà, la vieille ! Relève-toi !

Messire d'Orval la prend par le coude et l'oblige à se relever dans un geste ferme mais qui ne manque cependant pas de douceur.

La vieille dame secoue la tête, affolée. Ses cheveux gris qui dansent sur son visage la font ressembler à une sorcière.

- À la tombée de la nuit, messire, d'étranges feux follets ont mené une danse macabre derrière les fenêtres de maître Raynard ! Disant cela, la vieille femme se signe à plusieurs reprises.

- Quoi ? Mais tais-toi donc vieille sorcière ! s'emporte l'intéressé.

- Laissez-la parler, maître Raynard !

Le retour au vouvoiement sonne comme une menace.

Le gentilhomme verrier ne s'y trompe pas et se tait, tout en se dandinant d'un pied sur l'autre, visiblement mal à l'aise.

La vieille dame insiste !

- Je les ai vus, messire, aussi sûre que je vous vois. Il y a peu. J'ai vu des ombres, aussi, des ombres qui s'agitaient derrière les fenêtres. Et puis, ce feu follet bien jaune. Un instant il était là, un autre là-bas...

D'un doigt tremblant, elle désigne un coin de l'atelier, puis un autre.

C'est sûrement nous que la mamie a vues, et la flamme ténue du briquet de Jeanne qu'elle a pris pour un feu-follet. Je ne peux empêcher le tremblement de peur rétrospective qui me secoue des pieds à la tête.

Nous avons dû tellement effrayer la vieille femme qu'elle n'a pas osé sortir de sa maison !

Heureusement qu'elle n'a pas eu l'idée de courir prévenir la garde.

- Je le savais ! Il s'agit d'une nouvelle diablerie de maître Clément ! Mort au sorcier ! s'écrit Raynard !

Dans la foule, quelques voix s'élèvent, peu assurées dans un premier temps. Mais les hallebardiers connaissent leur boulot ! Ils sont un peu comme les chauffeurs de salle dans les émissions de télévision. Ils brandissent leurs lances et leurs épées à double tranchant en criant ! « Mort au sorcier ! Mort au sorcier ! » Du coup, une partie de la foule reprend le refrain !

Clément ne perd pas contenance pour autant !

- C'est dans ton atelier qu'il s'est passé d'étranges choses ce soir, Raynard ! Nullement dans le mien ! Oseras-tu empêcher messire d'Orval d'y pénétrer ? Crains-tu qu'il ne découvre quelque présence diabolique !

Malgré l'obscurité, malgré le jeu dansant des torches, je crois voir le maître verrier blêmir sous l'affront. Il sent qu'il se trame quelque chose, mais il ne saurait dire quoi. Il est partagé entre l'envie d'ouvrir sa porte et la crainte de tomber dans quelque piège. Mais la porte de l'atelier semble bien close, ce qui paraît le rassurer.

- Bien ! Finissons-en ! Plus tôt les vilenies de maître Clément seront démontrées, plus vite nous retrouverons notre quiétude. Venez, messire.

Il tire d'une sorte de bourse pendue à sa ceinture une grosse clé, bien plus grosse que celle de la petite porte que Jeanne et moi avons empruntée tout à l'heure et la glisse dans la serrure. Après trois claquements secs, il pousse la porte et s'efface pour laisser entrer messire d'Orval, bientôt suivi par quelques hommes de loi et deux prêtres.

- Prenez garde avec vos torches ! ordonne-t-il aux deux hallebardiers qui pénètrent à leur tour dans le vaste bâtiment.

Il suffirait d'une étincelle pour embraser les lieux.

Chapitre trente-deux : dans lequel l'une de nos héroïnes pète littéralement les plombs !

Jeanne et moi tentons de nous approcher.

En vain.

La foule nous rejoint, nous déborde sur les côtés et je me retrouve face à un mur mouvant mais compact de fesses plus ou moins charnues, de dos plus ou moins massifs.

La panique commence à me gagner.

Je dois absolument, sinon entrer dans l'atelier, tout au moins le contourner ! Je joue des coudes, des genoux, on me repousse sans ménagement.

- Maître Clément, veuillez nous rejoindre et prouver ce que vous avancez, si tout au moins vous avancez quelque chose !

La voix de messire d'Orval a claqué dans la nuit. La foule a un brusque mouvement de recul. J'en profite pour m'avancer de quelques centimètres. Mais le mur de chair et de toile grossière, de cuir et de métal, se referme aussitôt. Je sens plus que ne vois l'hésitation de Clément. Par-dessus une épaule, j'aperçois un de ses gardes qui le pousse d'une grande claque dans le dos. Jeanne paraît fascinée par Clément.

Clément s'avance. Aymeric me jette un regard désespéré.

C'est alors qu'un cri perçant me résonne aux oreilles, là, tout à côté de moi !

Je sursaute, affolée !

C'est Jeanne ! Jeanne qui pousse un hurlement, le doigt tendu vers un point que je ne peux voir, sur ma droite, du côté du mur d'enceinte !

- Là-bas ! L'ombre du Diable ! Regardez !

À ces mots, la foule est prise d'un tremblement convulsif. Une voix grêle se met à confirmer !

- C'est vrai, il est immense avec des ailes !

- Fonce ! me lance Jeanne dans un sourire crispé !

Tandis que la masse humaine se délite devant moi, je prends mes jambes à mon cou et file en direction opposée des doigts qui se tendent, des yeux qui tentent de percer l'obscurité, des nombreux gardes qui se précipitent vers les imaginaires ombres dansantes désignées par Jeanne !

Du coin de l'œil, j'entrevois messire d'Orval qui surgit hors de l'atelier, suivi de près par maître Raynard !

- Que se passe-t-il encore ? Êtes-vous devenus fous ?

Seul le borborygme affolé de la foule lui répond.

Moi, je suis déjà sur le flanc gauche de l'atelier en partie éclairé par les torches des hallebardiers.

- C'est cette femme qui a crié !

- Mais lâchez-moi !

Je reconnais la voix de Jeanne. Tout va de travers...

Je me faufile dans le petit espace entre le mur d'enceinte et le bâtiment de briques et de bois, m'accroupis derrière la porte où mon chef-d'œuvre paraît m'attendre sagement.

- Amenez-la moi !

À travers les vitres, je vois Jeanne poussée à l'intérieur de l'atelier. Elle donne un coup de pied à l'un des gardes.

- Messire d'Orval la dévisage longuement...

- Qui es-tu femme et pourquoi as-tu crié ?

Jeanne ne se démonte pas.

Elle fait preuve d'un incroyable courage.

- On m'appelle Jeanne et j'ai vu d'étranges ombres sortir de cet atelier par la cheminée, là.

Elle désigne la vaste cheminée de pierres adossée à l'atelier.

- Puis, ces ombres ont formé une seule ombre avec des cornes et des pieds fourchus ! Je l'ai vue monseigneur et d'autres aussi ! Demandez-leur ! dit-elle avec conviction en se tournant vers la foule qui s'est avancée au point qu'elle bloque presque la large porte de l'atelier.

- Elle dit vrai ! s'écrie une commère, les poings sur les hanches.

- Je l'ai vue ! ajoute un homme portant de travers un chapeau de paille conique à larges bords.

C'est dingue comme avec un peu d'imagination et les conditions requises on peut faire prendre des vessies pour des lanternes à plein de gens ! Dingue et effrayant…

- Nous allons décidément d'étonnement en étonnement ! grogne le châtelain. Bien. Qu'on en finisse ! Maître Clément, que teniez-vous à nous montrer ?

Il est temps que j'intervienne. Je suis en nage et ce n'est pas la chaleur, tu peux me croire !

J'ai les mains tellement moites qu'elles glissent sur le boîtier en plastique que je viens de sortir du havresac. Pourvu que tout se passe comme prévu ! J'appuie sur un bouton.

Rien.

Seule la voix de plus en plus menaçante de messire d'Orval.

Et celle de plus en plus assurée de maître Raynard.

Et le silence pesant de maître Clément.

Je change un peu de position. Tente de nouveau. Toujours rien. Je ne dois pas être dans l'axe. À la lueur des torches, je vois le regard affolé de Jeanne qui tente de percer la pénombre, essayant de distinguer ma silhouette. Je passe la main à travers le trou bien rond de la porte de verre, ce verre épais que j'ai eu tant de mal à couper. Si tu m'avais vue, maman, tu aurais été fière de moi ! Et je clique, en direction de mon diabolique engin qui jusqu'à ce matin trônait sur une petite table, dans ma chambre, tout à côté de la fenêtre.

Rien. Toujours rien !

- Bien, la mascarade a assez duré. Je pense que nous en avons vu assez, maître Clément, n'est-ce pas messieurs ? tonne messire d'Orval en direction des hommes de loi et des prêtres tassés contre la porte de chêne. Nous allons retourner à la salle d'audience et régler cette détestable affaire au plus tôt. Je pense que le mieux est de laisser Dieu décider de votre culpabilité ou de votre innocence comme énoncé tantôt.

Tandis que j'appuie de plus belle sur ma télécommande, j'entends maître Clément clamer de nouveau son innocence. En vain. Un hallebardier l'attrape par l'épaule, l'oblige à se retourner.

C'est alors que je comprends les raisons de mes échecs répétés !

En entrant, quelqu'un a repoussé un panneau de verre devant notre installation !

La télécommande inutile glisse dans ma paume humide comme une savonnette de Marseille.

Jeanne s'en aperçoit. Elle ouvre la bouche en un « O » parfait.

Et puis je crois distinguer un tremblement. Oh, pas un tremblement normal, pas un de ces frissons que procurent le froid, la peur ou l'excitation, non. Une sorte de frémissement presque imperceptible. Qui touche Jeanne mais aussi son environnement tout proche. À tel point qu'au début, je prends ça pour les reflets des torches. Mais non...

Jeanne paraît se... se dissoudre !

Elle ouvre des yeux ronds, aussi ronds que le « O » de sa bouche !

Et puis...

Et puis, Jeanne pète les plombs !

Mais là, encore plus que tout à l'heure !

06. mandragore

Chapitre trente-trois : où se dévoile Jeanne-la-Folle, Jeanne-le-Démon...

Jeanne se met à se tordre, à ruer en tous sens, secouant sa chevelure noire, tout en se précipitant vers notre cachette.

D'un coup de pied, elle bazarde la plaque de verre, cette dernière tombe à terre et se brise dans un fracas qui tire des cris à la foule, laquelle se masse à présent contre la porte de l'atelier.

Deux gardes se ruent vers Jeanne qui se met à hurler de plus belle ! Ils s'immobilisent, peu sûrs de vouloir l'approcher.

Il me faut quelques secondes pour m'arracher à ma surprise et comprendre à qui elle s'adresse ainsi !

- Tu peux y arriver ! Haaa... Raynard, Raynard, tu m'avais promis une âme ce soir et j'attends toujours ! Raynard, aurais-tu oublié que tu m'as juré fidélité !

Mais elle est folle ? Elle va se faire empaler sur place...

- Dépêêêêêche-toi ? Qu'est-ce que tu attends ? Appelle les démons !

- Emparez-vous d'elle ! hurle messire d'Orval en dégainant son épée.

Mais Jeanne continue de tourner sur elle-même, les bras tendus, comme dans cette vieille série débile avec une super-héroïne, tu sais celle qui porte une culotte ridicule aux couleurs du drapeau américain ? Mais nul n'ose l'approcher. Clément est pétrifié. Raynard gesticule en tous sens.

- Raynard, viens avec moi...

Jeanne devient de plus en plus floue. C'est comme si de minuscules éclairs jaillissaient de ses paumes, de ses cheveux qui se dressent en une effrayante couronne brune.

- Blasphème ! rugit Raynard en se précipitant sur Clément, les bras tendus, prêt à l'étrangler !

Cette fois, c'est Jeanne qui se rue sur lui...

C'est sûr ! Elle va se faire tuer.

Je serre le poing, oubliant la télécommande.

C'est alors que l'Enfer se déchaîne ! Dans une explosion de décibels. Qui m'arrache un cri ! Et pas qu'à moi !

Tandis que les premières notes de « Mandragore » envahissent l'atelier, Jeanne attrape Raynard par le dos.

- Viens à moi Raynard ! s'exclame-t-elle comme une folle, les cheveux devant les yeux. D'un geste ample, messire d'Orval empoigne son épée à deux mains et dans une ellipse parfaite abat le tranchant sur le cou de Jeanne.

C'est à moi de pousser un hurlement.

J'en lâche la télécommande qui se brise sur le sol.

Jeanne !

Chapitre trente-quatre : où le Diable entre en scène à grands renforts de décibels

L'épée de messire d'Orval ne rencontre que le vide.

Déséquilibré, le seigneur des lieux est emporté par sa lourde épée. Il évite de justesse maître Raynard qui se jette à terre, ce qui lui sauve certainement la vie. Puis s'en va cogner la cheminée dans un cliquetis de métal.

Jeanne. Jeanne a disparu ! Sans doute emportée au XXIème siècle.

J'en ai encore les larmes aux yeux.

Mais ma stéréo continue de hurler.

Comme prévu !

« Les vents vont devenir sombre
Par-delà les toits de la ville !
Les chiens vont hurler dans l'ombre
Une plainte fragile ! »

- Par quelle diablerie ?

Messire d'Orval, les jambes écartées roule des yeux furibonds, quêtant la voix venant d'outre-tombe. Ou plutôt d'outre-temps, mais ça, il ne peut pas l'imaginer !

La foule a poussé un cri multiforme, dehors, et s'est enfuie loin de l'atelier maudit, loin de la tanière du Diable et peut-être d'une demi-douzaine de ses démons.

Les gardes s'apprêtent à en faire autant mais d'Orval, qui ne manque pas de cran le leur interdit.

- J'occis le premier qui met un pied dehors, tenez-vous le pour dit ! vocifère-t-il.

« Les nuages vont cracher leur venin
Sur les rues trop tranquilles
Les mages liront dans les mains
Des destins immobiles ! »

- Maître Raynard, que signifie tout ceci ?

L'interpellé se relève en se frottant le genou.

- Ce n'est que diablerie de maître Clément ! Je vous avais dit qu'il était malintentionné en nous demandant de venir ici...

- Par la mort bleue ! C'est bien toi que la diablesse a appelé tout à l'heure. Ce n'est pas Clément ! Et ces cris infernaux? Que sont-ils ?

Ces cris ? Il exagère, le messire d'Orval !

C'est une chanson qu'a écrite papa quand il était jeune et qu'il appartenait à un groupe de hard rock, les Meuniers de l'Enfer, qu'il s'appelait son groupe. Et qu'il chantait, en plus, avec une voix suraiguë tout à fait appropriée à ce style de musique. Le batteur (Il s'appelait Jean-Louis, je crois) massacre ses fûts comme s'il avait fait le pari de les percer ! Boum ! Boum ! Boum ! Des grondements de tonnerre, d'Apocalypse, accompagnés par une basse aux vrombissements sourds et saturés. Toum ! Toum ! Toum ! Toum ! Toum !

« Les Enfants du Paradis
Ont brisé« leurs idoles !
Ils rampent dans la Nuit
Et rêvent du premier Rôle ! »

Boum ! Boum ! Boum ! Toum ! Toum !

Papa pousse des hurlements à la limite de l'audible. Moi, je connais les paroles par cœur, mais le public médiéval, là, je ne sais pas s'il saisit la beauté du texte ! D'autant que j'ai monté le niveau sonore à son maximum et que ça sature et pas qu'un peu ! Les murs en tremblent au point que les prêtres et les hommes de loi, persuadés que le toit va s'écrouler sur leur tête et les engloutir prennent la porte, s'égaillant dans des envolées bien peu dignes de la considération qu'ils ont d'ordinaire pour leur petite personne et pour leur rang !

Un gémissement qui enfle et gonfle, et tangue et roule, et rebondit de mur en mur alors qu'il se métamorphose en une vocifération électrique. La guitare solo de celui qui se faisait appeler Mimi La Brute (En fait, il se nommait Gérard Montfort et professait l'histoire et la géographie dans un collège) pousse des hurlements de vampire à l'agonie. La Stratocaster (c'est comme ça que papa désigne cette guitare les soirs de nostalgie) pousse dans les aigus qui recouvrent les glapissements d'horreur les témoins effarés de cette scène dantesque. Un démon n'y retrouverait pas ses petits ! Certains se bouchent les oreilles après avoir laissé échapper leurs armes, tentent de se fondre dans la brique des murs. D'autres gardes, bravant l'interdit de messire d'Orval ont pris la fuite. Clément paraît tétanisé. Bien droit au milieu de la pièce, il semble tendre l'oreille.

L'épée solidement coincée entre ses larges pognes, messire d'Orval arpente l'atelier, à grands renforts de moulinets.

- Qui es-tu, d'où viens-tu démon ?

Seule la voix déformée par un ampli défectueux et une table de mixage à huit pistes achetée d'occasion vingt ans plus tôt dans un bric-à-brac lui répond.

« Ils ont pétri le Monde
À l'argile de leurs doigts
Mais quand le tonnerre gronde
Montrent les crocs et aboient ! »

« Mandragore !
Mandragore ! »

- Mandragore !

Les ultimes témoins de cette scène se signent à l'évocation de cette plante vénéneuse.

Une plante très appréciée des sorciers du moyen-âge, la mandragore ! Ses racines ressemblent à des petits hommes, qu'on appelait alors homoncules. La mandragore était censée pousser sous la potence des pendus. Et des pendus, on en croisait à tous les carrefours, à l'époque médiévale. Enfin, c'est ce qu'on dit car en ce qui me concerne je n'en n'ai pas vu depuis mon débarquement en solitaire sur les terres de messire d'Orval ! Ce qui ne veut rien dire, je te l'accorde !

« Les vents vont devenir sombres...
Et peu avant l'aurore
De l'immonde semence
Naîtra la Mandragore »

« Mandragore ! Mandragore ! »

- Raynard tu vas devoir t'expliquer ! hurle messire d'Orval tandis qu'un nouveau solo de guitare jaillit de ma chaîne stéréo. Je ne sais pas si l'effet aurait été aussi radical si j'avais glissé un CD de Lorie dans le lecteur laser !

J'imagine un instant messire d'Orval se débattant au milieu de démons invisibles tandis que ma chanteuse préférée reprend ce refrain que j'adore : « Tu m'as ensorcelée, é-é-é-é ! »

C'est alors qu'un brusque éclair paraît fondre du ciel sans nuage pour frapper l'atelier. Une odeur pestilentielle envahit aussitôt l'alentour. Une silhouette noire, celle d'un homme très beau, vêtu d'une longue cape en cuir, se matérialise au milieu de la pièce. Un garde pousse un avertissement !

- C'est le Diable ! Le Diable !

J'apprendrai, quelques siècles plus tard, que l'apparition eut autant d'apparences que de spectateurs. Certains y virent un crapaud baveux et pustuleux, d'autres un bouc velu aux yeux rouges, d'autres encore un chien noir de la taille d'un veau.

Certains crurent voir un être difforme à la peau hérissée de dards, d'autres une silhouette cornue crachant des flammes…

Mais tous entendirent la voix caverneuse.

- Mon pauvre Raynard ! Il est temps de regagner ton foyer ! Notre pacte s'achève ici bien piteusement. Où est donc l'église que tu m'avais promise ?

L'interpellé se jette au pied de l'apparition, mains jointes, suppliant.

- Maître… laissez-moi encore un peu de temps !

- Par la mort bleue ! Laissez-moi sortir d'ici !

Un des porteurs de torche vient à son tour de céder à la panique ! Comme je le comprends le malheureux ! Il prend ses jambes à son cou, se prend par la même occasion les pieds dans un panneau de verre (maman râle toujours contre les maîtres verriers qui laissent traîner le verre n'importe où au risque de vous éventrer ou de vous entailler le mollet) et s'écrase au sol dans un bruit de ferraille. Sa torche roule sous un des grands plans de travail dans une explosion d'étincelles et de poix. Il suffit de quelques secondes pour qu'une malle s'enflamme. Puis le feu gagne le plan de travail en bois, saute de flaque de poix en flaque de poix. Très vite, c'est un rideau de flammes qui sépare l'atelier en deux. Dans un ultime accord rageur, papa aboie *« Mandragore ! Mandragore ! »* Mais plus personne ne l'entend ! Papa ne saura jamais qu'il a « mis le feu » au sens propre du terme en chantant ce titre qui n'est jamais sorti du garage où les Meuniers de l'Enfer répétaient, bien avant ma naissance !

Dehors, des villageois crient « au feu » !

Mais visiblement, ils sont peu nombreux à se précipiter vers la mare ou la fontaine pour faire provision d'eau et tenter d'éviter la destruction de l'atelier. L'incendie gagne la cheminée. Raynard pousse des hurlements.

- Messire ! Sauvez mon atelier ! Dites à vos gens d'apporter de l'eau.

On ne sait s'il s'adresse à messire d'Orval ou à son maître qu'enveloppe désormais l'incendie.

À travers les flammes, je parviens à distinguer la silhouette imposante de messire d'Orval. Il fait face à maître Clément qui n'a toujours pas bougé. Clément, l'air très digne, a toujours les mains attachées dans le dos. Son visage est fermé. Aucun triomphalisme, aucun sourire, aucune peur, même. Rien. Même pas l'air de dire « Je vous l'avais bien dit. » Je crois qu'il est un peu dépassé par les événements. Mais aussi très maître de lui.

- Vous n'avez rien à me dire, maître Clément ? interroge messire d'Orval tandis que d'inquiétants craquements se font entendre au-dessus des trois hommes. Par-dessus son épaule, j'entraperçois la silhouette d'Aymeric dans l'encadrement de la porte.

À travers le crépitement des flammes, j'entends maître Clément rétorquer :

- Je vous assure être innocent de tout ce dont on m'accuse. Je n'ai jamais usé de sorcellerie. Ni ce soir, ni jamais...

- Maudit ! Tu as détruit mon atelier avec l'aide de tes démons ! éructe maître Raynard. Tu vas payer pour cela. Retourne en Enfer, maudit ! Retourne aux flammes qui t'ont créé !

Raynard fonce alors sur Clément et, d'une brusque poussée, le projette dans les flammes tandis qu'une partie du toit de l'atelier s'effondre dans une envolée de flammes oranges.

- À très bientôt, Raynard ! Je t'attends avec impatience !

Le verrier se relève, tentant de deviner d'où provient la voix caverneuse de son maître.

Et puis il pousse un cri.

Son corps fumant qu'une main invisible soulève au-dessus du sol est alors projeté à travers la pièce. Et maître Raynard disparaît à travers les vestiges enflammés d'une large fenêtre.

Un rire sardonique enfle, gonfle, paraît se nourrir des flammes puis se dissout en même temps que l'apparition.

Chapitre trente-cinq : où l'héroïne apprend à lire sur les lèvres et dans les cœurs

- Non ! Père !

Aymeric s'est précipité ! Il est perdu ! Il s'est jeté dans le mur de flammes grondantes.

Quant à messire d'Orval, il a juste le temps de sortir en titubant, avant que l'intense chaleur ne fasse exploser une réserve de verre en des millions d'éclats meurtriers. Une pluie de verre multicolore vient s'abattre contre la porte derrière laquelle je me terre. La porte sort de ses gonds, arrachée par le souffle et s'écrase autour de moi en dizaines de planches fumantes.

- Père !

À travers le rideau de flammes, je distingue la silhouette d'Aymeric. Il relève une forme... Ils sont vivants !

- Aymeric ! Clément, par ici ! Je crie de toutes mes forces, tentant de couvrir le grondement sourd de l'incendie, le grincement du bois qui craque, les gémissements du verre qui fond ou casse.

Ce sont deux torches humaines qui jaillissent soudain devant moi, m'arrachant un cri de frayeur.

Mais très vite, je me reprends.

- Les couvertures, là ! Vite, je parviens à balbutier.

Mais Aymeric m'a compris. Il se jette sur la caisse, en retire une couverture de laine et se rue sur son père, l'enveloppant et s'enveloppant en même temps. À mon tour, je me précipite sur Clément et son fils, une épaisse couverture à la main. En quelques secondes, nous ne sommes plus qu'une masse fumante tandis que le reste du toit s'effondre dans la fournaise.

Nous nous relevons. Le capuchon de la robe de bure que porte Clément lui a protégé le visage. Les flammes l'ont délivré de ses liens mais elles ont brûlé ses mains. Il souffre mais n'en laisse rien paraître.

- Nous devons partir à présent ! chuchote-t-il en me prenant dans ses bras.

- Merci Ottavia, je n'oublierai jamais...

Aymeric me prend également dans ses bras.

- Je...

J'en deviens toute rouge. Mais c'est la chaleur, rien de plus je t'assure !

- Il faut partir, je...

Je n'ai pas le temps d'en dire plus.

Je me sens, à mon tour, attirée vers mon autre là-bas.

J'en pleurerais de rage ! Pas maintenant ! J'ai trop de choses à leur dire... S'il te plaît Jeanne, rallume un bâtonnet !

Mais ma vision se brouille.

Je tends la main vers Aymeric.

- Ottavia, comment te sens...

Je ne l'entends déjà plus. Mais Clément a compris. Je le lis dans son regard, un regard plein de tendresse, d'amour, un regard plein de tristesse aussi...

Ses lèvres me délivrent un ultime message :

- Un jour peut-être...

C'est ce que je crois lire. C'est ce que je veux lire...

Et soudain, je me sens comme aspirée…

Chapitre trente-six : duquel surgit un visage de verre

J'ai beau fouiller partout, je ne retrouve plus le dernier bâtonnet d'encens que j'avais pourtant laissé à côté de l'anneau, sur le rebord de la fenêtre. Je cours à la cuisine, questionne papa occupé à martyriser une demi-douzaine d'œufs dans un saladier en verre, retourne dans ma chambre, la transforme en champ de ruines.

Les larmes aux yeux, je me métamorphose en tornade, investis le couloir, trépigne entre les bibliothèques, vide les tiroirs du salon un à un. Je vais jusqu'à passer au crible la réserve de papier toilette, plonger deux doigts dans la bonde de la baignoire, examiner l'armoire où s'entassent mes cassettes et mes DVD. Rien ! Affolée, je retourne les poches de mes pantalons, puis de tous mes vêtements, cours à mon vélo en sonder la sacoche. En vain ! C'est impossible !

Je les avais posés sur le rebord de fenêtre de ma chambre, comme toujours, j'en suis sûre : je me revois en train de caler l'encens tout à côté, contre ma boule de neige Halloween, je me revois examiner l'anneau pour la millième fois, me demandant si....

Je farfouille, dans les jardinières, dans l'énorme massif qui trône sous ma fenêtre, remue la terre et ravage une minuscule fourmilière : en vain. Pas plus d'anneau que d'encens.

Ma dernière chance : maman !

Je m'apprête à courir vers son atelier quand le portail s'ouvre en grinçant. C'est monsieur Corentin, l'air très content de lui.

- Tiens, mais c'est notre héroïne !

Je rosis sous le compliment !

- J'apporte à ta maman une nouvelle caisse. Elle ne se trouvait pas là où tu as découvert les autres. Elle se dissimulait bien plus loin, tout au fond de la salle. Marrant que ces vitraux n'aient pas été entreposés là où tu as trouvé les autres. Enfin, comme dirait ton père...

Je ne lui laisse pas le temps de terminer.

- Il y a plus de choses dans l'Univers que ne peut en imaginer notre philosophie, je sais !

Monsieur Corentin sourit de toutes ses dents.

- Tu as lu le journal, ce matin ?

Je fais non de la tête !

- Va voir sur le siège, dans la camionnette ! On ne parle que de toi et de ta découverte ! En termes élogieux, tu peux me croire ! Une vraie héroïne !

J'en oublie un instant l'anneau disparu et le bâtonnet d'encens.

Fonce vers la camionnette.

Ma photographie est à la Une.

Je pose à l'entrée du souterrain, deux morceaux de vitraux à la main.

Je suis un peu trop raide, mais mon jean crasseux et mes manches retroussées renforcent ce petit côté aventurière qui me plaît plutôt.

À mes pieds, sur une couverture, des dizaines de morceaux de verre colorés captent la lumière du jour déclinant. À l'intérieur, pages 2 et 3 s'il te plaît, un gros titre en lettres capitales annonce « Une adolescente découvre des vitraux vieux de plusieurs siècles ! »

Une adolescente, moi, tu te rends compte ? Je ne te dis pas la tête des copines ! Une ADOLESCENTE ! Yes ! Elles vont être vertes, les copines, vraiment !

Quand je me suis réveillée, dans les bras de Jeanne qui m'observait avec inquiétude, je lui ai raconté mes dernières péripéties. Je portais l'anneau d'Aymeric au doigt, mais il n'y avait plus trace de ma blessure sur le bras ! Il restait un bâton d'encens sur l'une des grosses pierres. Elle a ri en imaginant la tête des gardes et des hommes de loi médiévaux en entendant papa brailler « Mandragore ! » sur fond d'explosion de décibels. Puis elle a pris un air grave que je ne lui connaissais pas, perdue dans ses pensées, sans doute outre-part, quand je lui ai appris l'étrange et visiblement diabolique intervention à laquelle j'avais assisté.

Ensuite, nous sommes allées trouver papa alors occupé à planter un prunier dans le jardin ; en plein mois de juin !!! Quand il n'achète pas des livres ou qu'il n'en revend pas, on dirait qu'il passe son temps à creuser des trous dans le jardin pour planter des arbres, des pommiers, des néfliers, des poiriers, des saules pleureurs ou pas, des trucs avec des noms latins à rallonge. Nous lui avons expliqué la découverte que nous avions faite en lisant les vieux papiers, lui avons affirmé qu'on était sûres que le reste des vitraux se trouvait sous la crypte, qu'il fallait récupérer des outils et monsieur Corentin par la même occasion et filer droit où nous lui indiquerions. Il a soupiré, s'est épongé le front avec la manche de sa chemise, a haussé les épaules en se dirigeant vers le cabanon qui abrite les outils de jardin. Il en est revenu avec une barre à mine et une pioche. Il a passé un coup de fil à l'adjoint au maire qui s'est pointé aussitôt au volant de sa camionnette.

- Au fait, il vaut mieux que tu prennes une torche électrique !

Papa a de nouveau haussé les épaules et s'en est allé plonger dans le coffre de sa voiture pour en retirer une énorme lampe halogène.

Quand papa a vu le tertre et le trou béant que j'y avais creusé, il a un peu râlé.

Enfin, beaucoup.

Il est entré dans une colère noire que Jeanne et monsieur Corentin ont eu du mal à calmer.

Tu penses, sa Huitième Merveille du Monde avait risqué sa vie en s'engageant dans un souterrain susceptible de s'écrouler à tout moment !

N'empêche, il ne s'est pas privé pour s'y enfoncer la tête la première, dans le souterrain !

- Telle fille... a murmuré monsieur Corentin.

- Oh, ça va Louis, a rétorqué papa en jouant des coudes.

Nous nous sommes retrouvés tous les quatre à l'intérieur du boyau obscur.

J'ai guidé les adultes vers la crypte. Ils ont poussé des cris pas possibles en découvrant le sarcophage de pierre et son contenu.

- Et vous n'avez pas tout vu ! Attention... Tintintin...

Je me suis glissée sous le sarcophage, ai actionné la pointe de cuivre que je savais y trouver. Dans un raclement sourd, le sarcophage a effectué un quart de tour, laissant apparaître un escalier poli par les siècles.

- Si vous voulez vous donner la peine d'entrer !

Ils en faisaient des têtes, tu peux me croire ! Même Jeanne !

Et je ne te dis pas quand ils ont trouvé les vitraux !

Sagement pliés dans leur linceul de cuir.

Reposant sur le sol dallé.

Intacts. Comme neufs. Protégés par les épais murs de pierre.

Accroupis, nous étudiions ces merveilles sans dire un mot. Les caressant d'un doigt hésitant, emplis d'un profond respect pour l'artiste qui les avait réalisés.

Coincé sous l'un d'entre eux, il y avait une sorte de petit porte-feuille de cuir. Tout moisi.

Je m'en saisis et le glissai dans ma poche.

Discrètement.

Pas assez discrètement pour Jeanne qui m'observait un étrange sourire aux lèvres.

Le journal à bout de bras, je file en direction de l'atelier.

Maman est en grande discussion avec monsieur Corentin ! Elle brandit devant la fenêtre un rectangle de verre.

De la porte, je peux voir qu'il s'agit d'un portrait.

- C'est incroyable ! s'exclame monsieur Corentin !

- La ressemblance est stupéfiante. Je ne sais pas si elle est originaire de la région, mais ce ne peut être que son ancêtre ! Regardez ! Le maître verrier a même représenté le grain de beauté qu'elle a au-dessus de l'œil !

- C'est fou ! C'est incroyable ! Il faut la prévenir !

- Et comment !

Pendant ce dialogue qui me reste incompréhensible, je me suis approchée, contournant la table de montage où maman termine de monter le premier vitrail, celui qui me représente. Il n'y manque plus que la pièce figurant le visage. Peut-être se trouve-t-elle dans la dernière caisse que monsieur Corentin vient de rapporter.

- C'est dingue !

- Impensable !

Complètement dément !

- Délirant !

À croire que maman et monsieur Corentin ont entamé un concours d'exclamations !

Je me tourne enfin vers le morceau de verre coloré que maman observe.

À travers les hautes baies vitrées, le soleil d'été transperce le verre et la grisaille, projetant sur mon tee-shirt blanc le visage de... de Jeanne !

Alors, la vérité m'apparaît, aussi lumineuse que cette pièce de verre vieille de plusieurs siècles...

Je sais ce que sont devenus l'anneau et le bâtonnet d'encens !

- J'appelle Jeanne tout de suite pour lui montrer !

C'est maman qui a parlé. Elle se rue sur le téléphone, compose un numéro. Laisse sonner...

Moi, je sais bien que personne ne lui répondra.

Plus jamais.

Je suis heureuse pour Jeanne.

Je sais qu'elle a trouvé le bonheur.

Je le lis sur l'expression qu'a si bien su saisir maître Clément...

Chapitre trente-sept : entièrement constitué d'une lettre d'outre-temps fournissant quelques explications sur la fin de cette étrange histoire

Ma chère Ottavia.

Je sais que tu liras ces lignes, enfin je l'espère. J'ai reconnu le portefeuille que tu as glissé dans ta poche l'autre jour dans la crypte. Oh, il était en piteux état, mais, j'aime à penser que malgré les siècles qui nous séparent, tu liras cette lettre alors que je viendrais à peine de la terminer. Je ne serai plus depuis longtemps, mais tellement vivante pourtant !

J'ai décidé de t'écrire car je te dois quelques explications. Tout d'abord, j'espère que tu me pardonneras. Que tu me pardonneras d'avoir utilisé ton anneau, enfin l'anneau d'Aymeric, ainsi que le dernier bâton d'encens. Telle que je te connais, tu as dû remuer Ciel et Terre pour les retrouver. Je n'ai pas voulu te prévenir. Je craignais que légitimement tu refuses de me les céder. Je craignais également qu'une fois le dernier bâton d'encens consumé, la porte sur le passé (ou l'avenir) ne se referme définitivement. Je ne voulais pas que tu sois prisonnière du passé comme je l'ai été bien trop longtemps. Tu appartiens au XXIème siècle. Mes explications doivent te paraître nébuleuses. C'est que j'aurais tellement à te dire et si peu de temps pour le faire. Et puis, écrire sur ce parchemin n'est pas facile, crois-moi !

Quoi qu'il en soit, je ne m'étais pas trompée.

La porte s'est définitivement close avec le dernier bâtonnet d'encens.

Je porte au doigt le fameux anneau que Thibaude avait offert à Aymeric en guise d'adieu. Tu avais peut-être deviné d'où provenaient l'anneau et les bâtonnets d'encens ? Clément, qui connaît également les vertus de l'anneau et de cet encens jadis utilisés par les prêtres de Lilith m'a fait jurer qu'après sa mort je les porterai en ce lieu que tu as visité à plusieurs reprises, tu sais la fameuse crypte ? Et que je les remettrai au doigt de tu dois savoir qui !

Mais je m'embrouille.

Sache en effet que ce n'est pas le cadavre de Clément que tu as retrouvé dans la crypte. C'est celui de maître Raynard dont le corps mort, convaincu de sorcellerie, a subi le jugement de Dieu. Bien plus que notre petite mise en scène, c'est l'apparition du Diable ou de l'un de ces familiers, qui a scellé le destin de Raynard. Au fait, sais-tu que nul n'est capable ici de décrire cette apparition ? Il y a autant de « portraits-robots » que de témoins ! Chacun, sans doute, l'a décrit selon la conception qu'il se faisait du Démon, beau jeune homme, crapaud baveux, bouc aux yeux de braise … Quoi qu'il en soit, Raynard a été tué par son maître ce soir-là. Son cou n'a pas résisté au choc quand il a touché terre. C'est son corps sans vie qui a été jugé et a subi le jugement de Dieu ! J'ai beaucoup à apprendre de ma nouvelle époque !

Tous ces événements me donnent des cauchemars parfois, mais quand je sens la pauvre main meurtrie de Clément sur la mienne, je crois que nous pouvons être fières de ce que nous avons entrepris !

Aymeric m'a donc demandé de retourner, un jour, dans la crypte pour glisser son anneau au doigt de Raynard. Il m'a également confié la boîte de bâtonnets d'encens. Je me demande parfois ce qu'il adviendrait si j'utilisais, ici, l'un de ces bâtonnets ? Reviendrais-je dans ton présent, au XXIème siècle ? Ou repartirais-je vers une autre époque ? Parfois, je me demande, le regard fixé sur le petit coffret. Quelle différence cela ferait-il, un bâtonnet ? Peut-être toute la différence, va savoir !

Non. Je sais la valeur de ce qui est déjà écrit. Je sais que j'irai déposer, un jour, ces bâtonnets d'encens et cet anneau dans la crypte, dans ta crypte. Car tu dois les trouver. Et tu les trouveras, nous le savons toutes les deux ! Et Clément également. Ainsi qu'Aymeric.

Ta mission aura été l'une des plus belles: sauver des vies, et sauver des œuvres d'art à nulles autres pareilles. Et peut-être permettre à deux êtres de se retrouver, ou de s'aimer, je ne sais comment dire. C'est gênant ! Je sais que toi et ta maman, malgré les obstacles (je pense notamment à notre bonne vieille administration !) parviendrez à faire surgir de l'oubli le nom de Clément, le plus talentueux des maîtres verriers. Et le meilleur des hommes aussi, je peux te l'assurer. C'est d'ailleurs comme tu peux le deviner, la raison principale pour laquelle je n'utiliserai jamais ces petits bâtonnets d'encens qui te sont tous destinés. Tous, sauf un. Le plus important à mes yeux. Celui qui me permet de revivre auprès de Clément et d'Aymeric. Tu dois te demander pourquoi j'ai ainsi tenu à « repartir » ici. Peut-être pour fuir mon passé ; ou au contraire pour le retrouver. La première fois que j'ai vu Clément, parmi cette foule, j'ai été frappée par sa ressemblance avec Michel, mon amour trop tôt parti. Sans doute était-ce stupide, mais c'est ce qui m'a décidé à « revenir ». C'est folie, je sais, comme on dit ici. Mais qu'avais-je à perdre, au fond ? Et au fil des jours, je m'aperçois que la ressemblance, je devrais dire les ressemblances entre Clément et Michel sont plus que troublantes. Outre la ressemblance physique, ce sont surtout des attitudes, des façons de penser, des gestes qui... Tu dois me croire folle. Mais il n'y a pas de place pour les coïncidences dans cette histoire, j'en suis persuadée ! Quant à Aymeric, il m'observe parfois avec un drôle d'air. Se pourrait-il ? Je n'ose et n'oserai jamais l'écrire...

Il faut que tu saches que peu de temps après la mort de Raynard, il s'est passé beaucoup de choses. Son corps a subi le sort des sorciers : il a été inhumé sur le ventre, les mains attachées dans le dos. C'est messire d'Orval qui l'a mis au tombeau, dans cette crypte où l'amie d'Aymeric et ses parents avaient été tués.

Quelques jours après l'inhumation de Raynard, un terrible orage a éclaté au-dessus de la forêt. Même la mère Haubert, tu sais, celle qui avait soigné tes blessures, n'avait jamais vu pareille tempête. Le ciel paraissait de plomb, une épaisse nappe gris foncé à travers laquelle couraient de lourds nuages noirs. Les éclairs se multipliaient, zébrant l'éther, les roulements du tonnerre se succédaient, se chevauchaient.

On aurait dit que Satan lui-même était venu récupérer le corps de son vassal. Certains villageois ont parlé d'une « prophétie » qui avait été évoquée par la voix d'un démon, le soir de l'incendie de l'atelier du maître verrier.

« Les vents sont devenus sombres
Par-delà les toits de la Ville
Les nuages ont craché leur venin... »

Mais ça te dit certainement quelque chose ! Au fait, j'espère que ton père n'a pas trop râlé pour la disparition de son CD et de ta mini-chaîne stéréo ! Je pense qu'il a conservé quelque part la bande originale !

Bref, ce jour-là, je parle du jour de l'orage, on aurait dit que les foudres infernales s'étaient déchaînées sur la région. Des incendies monstrueux se sont déclarés en plusieurs endroits. La foudre a même touché l'église à diverses reprises. L'incendie, ou plutôt les incendies ont convergé vers le chantier, ravageant les bois, mais aussi les chaumières des paysans, emportant l'atelier de Clément et la maison de la vieille Marie Haubert. Le chantier a été totalement ravagé, et de l'église il ne restait rien ou presque...

Il a fallu attendre plusieurs jours avant de pouvoir s'en approcher. La terre n'était qu'un épais tapis de cendres. L'évêque a demandé à messire d'Orval d'effacer toute trace de son église. Il l'a déclarée maudite et a porté sa malédiction sur messire d'Orval dont Dieu avait refusé la rédemption et renié le bâtiment qu'il comptait lui consacrer. Il a ordonné que tous les documents relatifs à l'église, y compris les comptes, ce qu'on appelait les « œuvres » et ce genre de choses soient brûlés, que les pierres ayant survécu à l'incendie soient dispersées et transportées loin d'ici. L'évêque a assuré que serait maudit également quiconque oserait évoquer en présence d'autrui église ou chantier. Je pense que c'est pour ces raisons qu'il aura fallu attendre le XXIème siècle pour avoir la preuve que cette église avait bien un jour existé, ou presque !

Quand, comme me l'a demandé Clément, j'irai porter l'encens et l'anneau, ce bel anneau qui brille à mon doigt aujourd'hui, au fond de la crypte (Nous savons qu'elle a survécu à l'incendie !), j'utiliserai le mécanisme que m'a décrit Aymeric, pénètrerai dans l'autre compartiment, celui où il avait dissimulé les vitraux de Clément et j'y déposerai cet écrit, dans mon portefeuille glissé dans une pochette de cuir soigneusement huilée.

C'est bizarre : je crois presque sentir ton souffle sur mon cou, comme si tu me lisais par-dessus mon épaule !

Au fait, ne cherchez pas le morceau de verre représentant ton visage, tu sais, sur le vitrail que ta maman a commencé de restaurer. Vous ne le retrouverez pas ! C'est Aymeric qui l'a conservé.

Le jour où les soldats sont venus arrêter Clément, il a dissimulé tout le travail de son père, sauf ce petit portrait de verre.

Il le regarde souvent.

Tu lui manques beaucoup, tu sais.

Et j'imagine que lui aussi te manque déjà.

Qui sait ce qu'il deviendra, je veux dire, ce portrait si réussi ?

Clément a énormément souffert à la suite de ses brûlures aux mains. Il dit qu'il ne repeindra jamais comme avant. C'est possible. Mais je lui ai fait promettre d'essayer de nouveau et tu sais comme je peux être persuasive.

Il a fini par céder et m'a même annoncé que la première pièce qu'il entreprendrait serait à mon image !

Peut-être la verras-tu un jour ?

J'irai peut-être l'ajouter à tous les vitraux que tu as protégés et que tu finiras par retrouver !

Ce serait chouette, non ?

Je vais finir là ma lettre et m'en vais la glisser là où je sais que tu la trouveras.

Clément, Aymeric et moi allons prendre la route de l'Est. Nous tenterons de fuir la guerre et de gagner de nouveaux chantiers.

Malgré les temps difficiles, il y a encore du travail sur les chantiers de restauration des grandes cathédrales et Aymeric est aussi bon fils que verrier !

J'oubliais de te dire : messire d'Orval est mort.

Voici peu.

Il a vidé les étriers lors d'un combat contre les Anglais, tout près de la Mare aux Revenants. Il est mort noyé, emporté sous les eaux par le poids de son armure.

Une dernière chose. J'ai conservé mes cheveux longs, mais ne t'inquiète pas : je n'y ai pas ajouté de postiches prélevés sur des cadavres !

Comme tu dirais : « Ça ne se fait pas ! »

Avec toute mon affection

Ton amie Jeanne

Il est temps de clore l'histoire…

Voilà. Tu sais tout.

Mon histoire est terminée.

Elle doit te paraître incroyable.

À moi aussi, parfois.

Il m'arrive même de douter qu'elle me soit arrivée !

Certains jours, j'en oublie presque les visages d'Aymeric, de Jeanne, de Clément ou de Raynard. Et de Michel, l'ancien époux de Jeanne, dont le portrait trônait sur la cheminée de la maison aux volets jaunes. Que j'avais vu mille fois sans vraiment le voir. Jusqu'au jour où j'avais rencontré Clément… pas étonnant que le visage du gentilhomme verrier m'évoquait quelqu'un !

Oui, certains jours, je doute…

Mais quand je longe la maison aux volets clos de Jeanne, quand je caresse la peau mystérieusement redevenue lisse de mon bras blessé, je sais que tout a été réel.

Si un jour tu passes par mon village, tu la verras sûrement, la petite maison de Jeanne, au bout de la rue, près de l'église.

Les herbes folles et les églantiers ont envahi la pelouse, mais les pommes n'ont pas le temps de pourrir, piquées par les gamins du village.

C'est souvent triste une maison abandonnée, mais pas celle-ci, même si le jaune des volets a un peu passé.

Des milliers d'oiseaux viennent y nicher.

Il y a là deux couples de chardonnerets qui ont élu domicile entre les épines des églantiers, des mésanges qui ont préféré le tas de bois qui s'affaisse au fond du jardin, un joli rouge-gorge qui revient chaque hiver.

Tout à côté, il y a l'église.

La petite église du village.

Parée de ses nouveaux vitraux.

Les vitraux de maître Clément, que maman a restaurés. Et installés.

Ils n'avaient jamais vibré à la lumière.

Durant plus de 650 ans, ils étaient restés dans l'ombre, là où Aymeric les avait dissimulés.

Jusqu'à aujourd'hui...

Si un jour tu passes par mon village, tu les remarqueras sûrement.

N'hésite pas à pousser la porte de l'église : les clés se trouvent chez Rolande Dupayre, qui habite l'ancien presbytère, au numéro trois de la rue.

Remonte la nef jusqu'au chœur et là, juste sur ta droite, tu verras deux panneaux de verre et de plomb.

L'un représente Jeanne.

L'autre a mon visage !

Maman n'a jamais retrouvé la partie manquante du premier panneau qu'elle a eu en main.

Alors, elle a eu l'idée de se servir de moi comme modèle !

Sans imaginer une seconde que l'original, de toute façon, me représentait !

Quand je suis un peu triste, j'enfourche mon vélo et me rends à l'ancienne chapelle, dans le bois des Maures. Là, je me colle au vieux tronc d'un châtaignier, ferme les yeux, et reste sans bouger, en tripotant le coupe-verre tout rouillé de maman. Si je ne l'avais pas trouvé, ce jour-là, avec Véronique, je n'aurais peut-être pas eu le courage de repartir une dernière fois pour le moyen-âge.

La lettre de Jeanne, je la connais par cœur !

Je la relis souvent.

Adossée à mon tronc rugueux, il m'arrive parfois d'entendre une voix murmurer à mon oreille, peut-être celle de Jeanne, ou celle d'Aymeric, va savoir ?

En tout cas, le souvenir lointain de paroles apaisantes.

Peut-être s'agit-il simplement du vent, du bruissement des feuilles ?

Peut-être s'agit-il simplement du reflet de mon imagination...

Peut-être...

Si un jour, tu passes par mon village, fais-toi indiquer le chemin de la Mare aux Revenants, suis le petit sentier qui mène à l'oratoire ; tu ne peux pas te tromper, il est bordé d'une frange de châtaigniers.

Adosse-toi comme moi au vieux tronc, ferme les yeux.

Et écoute...

Alors peut-être, toi aussi, entendras-tu les échos du passé, portés par les vents...

LES GESTES DU VITRAIL

Le vitrail traditionnel est un assemblage de **plomb** et de pièces de **verre** translucide, coloré dans la masse, peintes ou non. On trouve des vitraux dans de très nombreuses églises et cathédrales, mais aussi dans des châteaux, chez des particuliers etc. La profession de **Maître-Verrier** remonte au moyen-âge. Depuis lors, les gestes du vitrail sont, pour beaucoup, demeurés les mêmes, les outils également. Voici quelques étapes essentielles de la réalisation d'un vitrail traditionnel. Toutes les étapes, de la conception à la pose, sont importantes et ne souffrent pas d'imprécision.

Il convient tout d'abord de prendre les dimensions de la fenêtre qui recevra le vitrail. Des relevés qui doivent être extrêmement précis ! L'exposition au soleil de cette ouverture est examinée avec intérêt, la lumière étant capitale dans le choix des verres utilisés par la suite.

Ensuite, le Maître-Verrier réalise en petit format un dessin, aussi appelé **étude**, à l'encre et à l'aquarelle. Cette maquette ou projet, est conçue la plupart du temps au 10ème de la dimension de la fenêtre. Au moyen-âge, on dessinait au fusain directement sur une table blanchie à la chaux.

Si le Maître-Verrier juge cette étude satisfaisante, il l'agrandit à la taille de la fenêtre. Cet agrandissement se fait généralement au **fusain**. C'est à ce moment qu'il détermine le dessin des différentes pièces de verre et du graphisme du plomb.

La peinture sur verre est un art exigeant.

À l'aide de **papier carbone** et de **papier calque**, il reporte ensuite ce dessin sur du papier épais appelé **papier à calibre**. Il numérote chaque pièce afin de conserver un plan du puzzle.

Puis, il découpe le papier à calibre en suivant le dessin (qui indique la séparation des verres de différentes couleurs par des tiges de plomb) grâce à des **ciseaux trois lames**, spécifiques au vitrail. La troisième lame retire la languette de papier correspondant à **l'âme du plomb**. Le plomb est en effet fabriqué en tiges en forme de **H** la plupart du temps. C'est dans les creux de ce H que viendront s'insérer les pièces de verre, l'âme étant la mince paroi de plomb correspondant à la barre transversale du H contre laquelle viennent butter les rives du verre.

Le Maître-Verrier choisit alors dans de grandes feuilles de verre les couleurs correspondant au dessin. Une étape appelée la **coloration**.

Il découpe les verres choisis précisément en suivant les calibres obtenus précédemment. Pour couper le verre il utilise un **coupe-verre à molette** ou un **diamant.** Au moyen-âge, on coupait le verre par choc thermique au fer chaud directement sur le dessin.

Si le vitrail doit être peint (comme à la cathédrale de Chartres), le Maître-Verrier utilise de la **grisaille**, une peinture médiévale opaque constituée de verre pulvérisé et d'oxydes métalliques. Il peut également utiliser des **émaux** spécifiques (inventés à la Renaissance) pour ajouter de la couleur.

Le montage d'un panneau de vitrail.

Les pièces peintes sont cuites au **four**, entre 580° C et 630° C pour obtenir la fusion de la couche de peinture avec la surface du verre.

Les pièces de verre coupées - et peut-être peintes -, sont reposées sur le calque numéroté du dessin agrandi.

Le panneau est ensuite serti progressivement en alternant pièces de verre et tiges de plomb. Pour faciliter et assurer l'insertion du verre, les **ailes** du plomb (soit les piliers verticaux du H) sont ouvertes et rectifiées avant usage avec un **ouvre-plomb**. Le Maître-Verrier utilise également un **couteau à plomb** et des **pointes** spéciales tout au long de ce montage.

À l'issue du montage, les ailes du plomb sont rabattues sur le verre à l'aide d'une **spatule**, ou d'un **rabat-plomb** pour bien ajuster l'ensemble.

La fixation de ce squelette de plomb est effectuée grâce à des points de soudure à l'étain à chaque intersection des tiges de plomb.

Le panneau de vitrail est ensuite retourné pour reconduire cette opération au dos : les ailes du plomb sont rabattues et le panneau contre-soudé.

Le panneau est ensuite enduit d'un **jus de mastic** afin d'imperméabiliser le vitrail et de renforcer sa rigidité.

Après l'avoir bien nettoyé et lustré, le Maître-Verrier installera enfin le vitrail dans sa fenêtre de destination.

Nathalie Chesneau, L'Atelier du Grand Feu.

www.atelier-du-grand-feu-vitraux.fr

La soudure à l'étain se fait aujourd'hui à l'aide d'un fer électrique.

Le vitrail permet de mettre en lumière certains documents anciens, comme ici cette scène templière.

PETITE HISTOIRE DU VITRAIL

On ne sait précisément quand le vitrail fut inventé.

Sans doute dans l'antiquité.

Des fragments de verre plat ont été découverts lors de fouilles réalisées notamment en Turquie et en Italie.

Ce que l'on sait en revanche, c'est que les Égyptiens et les Assyriens connaissaient les procédés de la fabrication du verre bien avant cela. Mais ils utilisaient cette matière pour créer principalement des bijoux et des récipients.

Nous pensons actuellement que les grands débuts du vitrail datent du 8ème ou du 9ème siècle de notre ère.

Un vitrail est un ensemble de verres colorés, peints ou non, sertis dans des profilés de plomb et installés dans des fenêtres.

Au Moyen-âge, les verrières perçant les murs des églises et cathédrales permettaient aux Fidèles ne sachant lire de suivre par l'image l'histoire de la Bible. Les vitraux se lisaient alors, et se lisent toujours, de bas en haut et de gauche à droite, comme une bande dessinée évoquant, case par case, l'histoire de l'ancien et du nouveau Testament.

À l'époque médiévale, le verrier était considéré comme gentilhomme-verrier, ce qui lui conférait le droit de porter une épée.

Les vitraux étaient alors peints à la grisaille, une peinture brune opaque composée de verre pulvérisé et d'oxydes métalliques.

L'ensemble de vitraux le plus remarquable reste actuellement celui de la cathédrale de Chartres en Eure-et-Loir. Il a été conçu au douzième siècle, en seulement une trentaine d'années. Cet ensemble de fenêtres, au « bleu » légendaire, est certainement le plus grand et le plus beau témoignage de l'art du vitrail médiéval.

Du treizième siècle à la Renaissance, le vitrail connut une période de récession, suite à l'arrêt de la construction des cathédrales, mais aussi aux guerres dévastatrices qui ne stimulèrent pas la création.

Durant la Renaissance, le vitrail connut un regain de passion avec la découverte des émaux, ces peintures de couleur laissant passer la lumière, contrairement à la grisaille médiévale. Un nouvel essor qui suscita un grand intérêt chez les puissants ; les vitraux ne furent plus réservés aux seules églises et cathédrales, mais prirent place dans les ouvertures des demeures des particuliers. Les scènes de genre ou de mythologie, l'héraldique et la géométrie, furent alors préférées aux scènes religieuses.

Mais au cours des siècles suivant, le vitrail fut de nouveau plongé dans une léthargie architecturale. Jusqu'à la seconde moitié du XIXème siècle, où, une fois de plus, on fit appel à des maîtres-verriers pour de nouvelles créations. Ce fut l'apogée de la peinture sur verre, un style académique décrié par certains, mais dont on ne peut que constater la maîtrise en matière de coloration et de peinture.

Durant les premières années du XXème siècle, d'illustres artistes conçurent des cartons pour des vitraux.

Aujourd'hui, le maître-verrier travaille toujours comme au Moyen-âge.

Certains outils ont évolué : le four pétri de terre, de crottin d'âne et de bois, a cédé la place au four électrique. Le verre que l'on cassait par choc thermique, est désormais coupé avec des pointes de diamant ou des roulettes de tungstène. Mais les gestes sont demeurés les mêmes. Le maître-verrier utilise une expérience millénaire pour réaliser des ponts entre le passé et l'architecture moderne.

Assurément, dans le futur, de nouvelles découvertes permettront d'intégrer le vitrail à la domotique.

La technique du vitrail est inscrite dans le passé, le présent et le futur, car il s'agit d'un art plastique qui s'accorde avec tous les défis architecturaux et demeure l'une des plus belles alchimies entre la lumière et la matière.

ELLA éditions tient à remercier chaleureusement

Armande Burneau,

Anne Certain

Sabine Delolme,

Corinne Gauvin

Alain Guillon

Isabelle Herbert

Séverine Maudet,

Klodiana Picard,

Philippe Reignier,

Gilbert Tharel,

David Verdier Carruezco

Qui ont accepté de constituer le comité de lecture et ont œuvré avec enthousiasme dès les premiers projets lancés.

Merci à vous d'accepter cette aventure de l'édition… et bonnes lectures !

COPYMÉDIA IMPRIM'VERT®

Achevé d'imprimer en septembre 2012
par **www.copy-media.net**
CS 20023 - 33693 MÉRIGNAC CEDEX